Jérémy
Vandurme

Jusqu'à ce que la mort nous sépare...

Le jour le plus triste de notre vie sera le plus
humble des miens.

dépôt légal septembre 2010

ISBN : 978-1-4709-6999-8

...à Louise
emportée le 13 Octobre 2011

Préface

Je suis petit, mince, ou chétif lorsque le cœur de la maladie lui en dit. Je suis atteint de mucoviscidose. J'ai des polypes dans le nez qui m'asphyxient peu à peu et me créent des sinusites à chaque poussière inhalée. Et ce n'est pas tout. Vu les quantités de soda que j'aime ingurgiter en l'espace d'une journée, le diabète finira très probablement par me sucrer ce plaisir. Le diabète et la mucoviscidose empruntent régulièrement le même chemin.
Qu'est-ce que j'ai bien pu faire au bon Dieu pour qu'il s'acharne autant sur moi ? Moi-même, je reconnais détester la providence depuis fort longtemps et j'aime penser que c'est un sentiment réciproque. Cela me donne meilleure conscience. Mais grâce à tous les croches pied de qui que ce soit, ou de quoi que ce soit, j'ai une très grande satisfaction. Celle d'encore oser respirer. « Oser respirer ». J'ai souvent eu du mal à le faire. Parfois ma propre timidité m'empêchait d'expirer librement, parce que je savais que le mucus qui m'assaillait allait me faire tousser. J'en étais gêné au point de me laisser étouffer. Plutôt que de m'apitoyer sur mon « mauvais » sort, j'ai décidé de faire de ces faiblesses une véritable force. C'est aujourd'hui ce sur quoi je me concentre et la raison pour laquelle je désire que les derniers mots de ce livre soient libérés par cette soif de vie qui est la mienne et délivrés par cet instinct de survie qui est le mien.
Je me sens différent des autres, parfois meilleur, peut-être à tort d'ailleurs, mais ça m'aide à survivre à la maladie, ça me donne des coups de pieds au cul et ça m'oblige à continuer d'avancer. Devant le miroir, plutôt que de me

dire que je vaincrai la maladie, je me dis désormais que cette épée de Damoclès doit me pousser à vivre vite et fort et à laisser quelque chose derrière moi. Ce sentiment d'être différent est sans doute la contrepartie de mon histoire. Il m'a aidé à grandir, à vieillir et m'aide encore aujourd'hui à apprendre. J'ai appris et j'apprends de la vie ce que d'autres apprennent de l'histoire de France, de Paris et de son architecture. J'apprends de la vie ce que d'autres apprennent à l'école. J'ai appris à marcher, à parler, à compter. J'ai appris à courir, à souffrir, à écrire. J'ai appris à pleurer, à ruminer, à oublier. Et à survivre. J'ai compris la peur, la mort, et vingt années plus tard, les poumons encombrés, j'ai la prétention de respirer la vie.

Je m'en suis souvent voulu d'être pessimiste à propos de mon futur. Loin de moi l'idée d'être totalement optimiste, mais il doit bien y avoir un juste milieu dans tout ça. Même si je peine à le trouver, je sais pertinemment qu'il existe. Je devine que si j'écris l'histoire de ma vie, si je m'amuse autant avec les mots et si je prends chaque soir ce même plaisir masochiste, lorsque je me retrouve face à mon ordinateur à me purger l'esprit, c'est grâce aux épreuves affrontées dont je suis sorti vainqueur ou écorché, mais dont je suis tout de même sorti. J'ai la possibilité d'évacuer certains sentiments et il s'agit d'une véritable chance. Tirer les leçons de son histoire est certainement le plus important.

Aux yeux de tous, je ne suis qu'un petit mètre cinquante sept d'os et de peau sur les os, de muscles et de sang que l'on a trop souvent voulu analyser. Rien qu'un tout petit mètre cinquante-sept de détresse, d'allégresse, d'insoumission, de sens, de mucus et de dégoût. Qu'est ce que mon mètre cinquante-sept face à la difficulté des

obstacles rencontrés ? Il est vrai qu'à me voir, je ne force pas le respect. Ma carrure n'impressionne personne, même pas moi. D'ailleurs le plus souvent, elle me fait honte. Mais en quoi un homme surdiplômé qui me regarde de haut serait supérieur à moi ? Qu'est-ce qui rendrait cet automate astigmate premier de la classe plus émérite ?
Lorsque j'étais un sage patient, la mucoviscidose me prenait plus ou moins de temps. Comme tous les patients, ni plus, ni moins, je devais jongler entre la scolarité, les loisirs et les traitements. Mais maintenant que j'ai compris que les traitements actuels ne me sauveraient pas directement la vie, j'accorde le maximum d'importance à mes passions et le strict minimum à ma santé. Un choix réfléchi. C'est la raison pour laquelle j'ai arrêté mes études au baccalauréat. J'ai fini par comprendre que tout ce que j'apprenais à l'école, tout comme les traitements, ne me permettrait pas de rester plus longtemps ici. J'aurai évidemment été formé pour vivre une vie de citoyen bien pensant, mais, manifestement, ce n'est pas ce que la génétique a voulu pour moi. Certes, mes passions ne m'offriront pas la possibilité de vivre plus longtemps, mais elles m'offrent celle de passer à travers de belles aventures de vie depuis pas mal de temps. Rien que pour ça, j'ai la fierté d'assumer mes choix. Une vie, on en a qu'une. La mienne sera peut-être plus courte que celle de la majeure partie des gens. C'est la raison pour laquelle j'ai décidé, un soir d'automne, de me lancer dans l'écriture de ce livre. Malgré la septicémie de mes jours et de mes nuits et parce que d'innombrables choses m'ont toujours rongé de l'intérieur, je publierai ces pages, et ce, avant que cette septicémie ne prenne ma vie.

Première partie :

Du silence à la parole.

Interview.

Lundi 25 septembre 1989, 16 h 20.
Le début de la fin.

— Je voudrais comprendre ton histoire, Jérémy.

— Mon histoire a commencé le lundi 25 septembre 1989 à 16 h 20, dans une petite ville nommée Lomme.

— C'est dans le nord de la France ?

— Oui. Ce jour-là mes parents ont appris avec effroi que leur troisième garçon, tout comme leur second, était atteint d'une maladie génétique rare…

— De quelle maladie tu parles ?

— De la Fibrose Kystique.

— Je ne connais pas.

— Cette maladie est beaucoup mieux connue en Europe sous le nom de Mucoviscidose.

— Ah oui, j'en ai entendu parler. C'est contagieux ?

— Non, la Fibrose Kystique, que j'appellerai désormais Mucoviscidose, pour que vous compreniez mieux, n'est pas une maladie contagieuse. Elle touche principalement les fonctions respiratoires, mais peut toucher également les voies digestives.

— Ah bon ?

— Oui et ça impose un lourd traitement qui n'a pour seul but que de minimiser la maladie et non de la supprimer.

— C'est-à-dire qu'aujourd'hui, personne n'en guérit ?

— Non. Aucune guérison n'est possible et ce que je viens de vous dire implique tout le reste de mon histoire.

— Tu veux dire quoi ?

— Je veux dire que depuis le début de ma vie je suis programmé pour mourir plus vite et plus douloureusement que vous.

— Explique-moi ça.

— C'est tout simple. Le jour de ma naissance, l'espérance de vie de quelqu'un atteint de mucoviscidose était seulement de vingt ans.
— Et maintenant ?
— Aujourd'hui, elle est de quarante-six ans. Il ne s'agit là que de chiffres purement statistiques.
— Mais c'est terrible, ça !
— Oui, mais il serait malhonnête de ma part de vous dire qu'il est impossible d'atteindre la cinquantaine tout en étant atteint de mucoviscidose.
— Ah…
— Cela dit, pour atteindre cette cinquantaine, il faut escalader une côte de plus en plus raide. Et, avec le temps, l'ascension se fait de plus en plus difficile. Parce que, lorsqu'on passe à l'âge adulte, la force n'est pas toujours suffisante pour continuer à vivre.
— C'est-à-dire ?
— C'est-à-dire qu'il faut surtout avoir l'envie de vivre. La mucoviscidose nous oblige à faire bon nombre de choix qui se terminent par des concessions et des compromis de notre part. La mucoviscidose, elle, elle ne lâche rien.
— Je vois.
— Comme vous pouvez vous en douter, la faible espérance de vie n'a jamais été une chose très encourageante. Bref, dès mes premières heures de vie, ma maladie me promettait un combat interminable.
— Tu as fait des recherches sur ton état de nouveau-né ?
— Oui, dans mon carnet de santé.
— Et alors ?
— Aussitôt né, j'ai été transféré à l'hôpital Saint Antoine à Lille parce que j'avais des difficultés respiratoires. Ce

qui nous a menés tout droit au test de la sueur, le « test de Shwachman ».
— C'est quoi, ce test ?
— Ce test permettait de diagnostiquer la maladie. Il consiste à relever le taux de sel dans la transpiration du patient. La transpiration d'un malade de la mucoviscidose est trois fois plus salée que la normale.
— Et ce test a été positif, c'est ça ?
— Oui, ma transpiration était très salée. J'ai eu droit très rapidement à toute une panoplie d'examens, de médicaments, de compléments nutritionnels, le tout à bord d'une couveuse équipée d'une bouteille d'oxygène.
— Un monde parallèle en somme…
— Complètement. Mon poids était de 3.580 Kg contre 3.280 Kg au bout du trentième jour. J'ai passé les trois premiers mois de ma vie à l'hôpital.
— Le temps a dû paraître très long pour tes parents et ceux qui venaient t'entourer chaque jour…
— Oui. Après ces trois premiers mois, j'ai pu quitter l'hôpital, pour respirer à presque pleins poumons, et commencer à vivre ma vie.
— Tu en as parlé avec ta mère ?
— Oui. Par exemple, elle m'a raconté qu'elle devait ajouter un liquide riche en matières grasses au lait de chacun de mes biberons. Cela facilitait ma prise de poids, mais ça m'écœurait.
— J'imagine. Et tu prenais des médicaments ?
— Oui, et ce n'était pas facile. Surtout la prise de certaines pilules qui étaient relativement grosses. Je sais aussi que maman passait de nombreuses heures à mon chevet. Elle veillait à ce que mes nuits soient les plus paisibles possibles. Pour le reste, ma vie de nourrisson

semble s'être à peu près normalement déroulé.
— Tant mieux.
— Ce stade de ma vie peut, au premier abord, vous sembler dérisoire. Pourtant, il est primordial pour me comprendre de savoir que nous livrons un combat permanent contre la mucoviscidose.
— Nous ?
— Oui, nous : les atteints de la mucoviscidose.
— Vous êtes nombreux dans ce cas-là ?
— Oui. Trop nombreux. Et trop nombreux aussi ceux qui sont partis avant d'avoir eu la chance de prononcer leurs premiers mots. En plus, il faut savoir que, au quotidien, nous devons, tenter de relativiser notre santé.
— E l'entourage du malade ?
— Il vit dans une peur constante. Pour bien nous comprendre, il est nécessaire de savoir aussi que notre vie, plus que la vôtre, est un cruel jeu de hasard. Vous, vous vivez. Nous, nous ne vivons pas. Nous survivons.
— En effet, il est important d'en être conscient. Il existe différents types de mucoviscidose ?
— Oui, il en existe différents types. Il y a d'abord la maladie qui touche les voies respiratoires à des degrés différents. Ensuite, il y a la maladie qui touche les voies digestives. Et, pour finir, il y a la maladie qui touche tout, et qui bousille tout ce qu'elle touche. Cette maladie sait aussi très bien nous jouer des tours.
— Pourquoi ?
— Parce que certains ont la chance de vivre une vie à peu près normale, même en se permettant quelques laisser-aller dans le traitement. D'autres meurent bien plus tôt, alors qu'ils ont toujours respecté leurs prescriptions. Vous comprenez le poids de cette injustice, vous ?

Trois ans.
« La cloche a sonné »

— A trois ans, en septembre 1992, on m'a inscrit dans une école catholique, probablement parce qu'elle était située à quelques centaines de mètres de notre maison. A cet âge-là, personne ne pouvait deviner que j'étais malade.
— Et ça te plaisait d'être « apparemment comme tout le monde » ?
— Oui. Je crois. J'étais physiquement semblable à mes premiers copains. Il y en avait des petits, des grands, des minces, des gros, des pleurnichards, des chevelus, des filles, des garçons, de futurs médecins, ingénieurs, plombiers, pompiers, etc.
— Et ta maîtresse savait ce que tu avais ?
— Elle savait sans trop savoir. D'ailleurs, elle nous promettait un brillant avenir. A tous. Je ne me démarquais pas des autres et on pouvait encore moins distinguer l'ombre de mon futur infernal. Moi-même, je ne soupçonnais absolument pas que mon avenir était différent de celui de tous les autres enfants présents.
— La mucoviscidose ne se voyait pas ?
— Non. La mucoviscidose ça ne se voit pas, ça se vit, et on la traverse avec plus ou moins de difficultés... Vous comprenez ?
— Oui, je crois. Tu pouvais te fatiguer comme tous les autres ?
— Oui. Même qu'en maternelle, je faisais du sport comme tous les autres enfants. Je suivais les cours sans manquer à l'appel et comme le reste de la classe, j'adorais la sieste que l'on faisait dans la garderie après le

déjeuner.
— Mais tu suivais déjà un traitement ?
— Oui. En plus d'un lourd traitement, cette maladie nécessite d'être suivi de très près par un professionnel de la santé, voire plusieurs. J'étais suivi par un professeur à l'hôpital Saint Antoine. Un service semblable se trouvait Boulevard Victor Hugo à Lille. Je me souviens qu'il était délimité par de grandes grilles jaunes. Les chaises des salles d'attente, elles aussi, étaient jaunes. Mais les salles d'attente étaient trop tristes à mon goût.
— Tu y allais souvent ?
— Oui. Je devais m'y rendre régulièrement. On surveillait une éventuelle évolution prématurée de la maladie. Je me souviens de l'architecture étrange du bâtiment, de l'emplacement de l'accueil, des ascenseurs et des distributeurs de friandises. Après chaque rendez-vous médical, maman m'achetait un petit quelque chose. C'était un truc qu'elle avait trouvé pour m'aider à rester imperturbable tout le long de l'après-midi ou de la journée, selon mon état.
— Tu étais bien suivi ?
— Selon mes parents, le suivi médical était assez particulier, et les méthodes du professeur à la limite du raisonnable. De plus, ils ont jugé insuffisant le suivi qui a été fait lors des périodes de surinfection qui, justement, nécessitent un suivi bien plus intense que d'habitude.
— Qu'est-ce qu'ils ont fait, alors ?
— Ils se sont rapprochés de mon médecin traitant, et, en tenant compte de différents avis médicaux, ils ont jugé plus judicieux de me faire suivre par l'équipe de l'hôpital Huriez, dans la cité universitaire de Lille. Non pas que l'hôpital Saint Antoine fût mauvais, mais je crois, tout

simplement, que mes parents n'avaient pas assez confiance en mon pneumologue.
— Et c'était mieux à Lille ?
— Ah oui ! J'ai été tout de suite pris en charge par le Professeur Dominique Turck. Un professeur digne de ce nom, un homme formidable.
— Vraiment ?
— Ah oui ! Le Professeur Turck, lui, voyait en priorité le bonheur et la liberté de ses patients.
— Qui est-ce ?
— C'est un des pédiatres du CRCM de Lille, autrement dit le Centre de Ressources et de Compétences de la Mucoviscidose. Il a une personnalité vraiment extraordinaire.
— Ah bon ?
— Oui. Vraiment. C'est un homme conscient de l'influence que peut avoir le personnel médical sur le patient. Du coup, il met tout en œuvre pour que ses patients soient le plus en confiance possible. C'est un homme que je respecte beaucoup et qui est d'un professionnalisme exemplaire. Je tiens, s'il me lit un jour, à le remercier pour son attention, sa discrétion et ses qualités d'être humain.
— Quels sont tes souvenirs de ce CRCM de Lille ?
— Dans sa salle d'attente, il y avait beaucoup d'occupations proposées aux patients. Des jeux de construction empilés, des puzzles mélangés et, pour les plus aventuriers, il y avait, aussi, au centre de la pièce, un très grand toboggan où je passais des quarts d'heures de folies. Je me souviens aussi des poissons en papier qui étaient accrochés au plafond et que j'essayais parfois de toucher lorsque j'étais au sommet du toboggan. Je

m'amusais tellement que lorsqu'il y avait des retards occasionnels, intérieurement, je remerciais le Professeur.
— Et son bureau ?
— Dans son bureau, j'ai le vague souvenir d'une fenêtre qui me paraissait interminable. Il y avait aussi tout un tas de peluches rangées sur les armoires et des dizaines de dessins faits par ses jeunes patients sur le mur.
— Il y en avait de toi ?
— Non. J'aimais bien faire des dessins, surtout des bonhommes aux corps surréalistes, mais je suis un grand timide. Cela m'empêchait de dépasser le stade de la relation patient - médecin.

Cinq ans.
Bonjour les aiguilles.
Au revoir la piscine.

— Alors que j'approchais tranquillement de mes cinq ans, Monsieur Turck a parlé pour la première fois à mes parents de cures d'antibiotiques. Ces cures consistaient à perfuser d'énormes doses d'antibiotiques au patient, trois fois par jour, et ce pendant une durée de deux semaines.
— Et ça se passait comment ?
— L'infirmière passait tôt le matin chez moi afin de me faire la perfusion d'antibiotiques à la dose prescrite. C'étaient des molécules pour lutter contre une bactérie appelée Pseudomonas ou Pyocyanique dans le jargon médical. Puis, pour ne pas manquer à l'appel dans ma classe de maternelle, je revenais déjeuner à la maison chaque midi. Cela permettait à l'infirmière de me perfuser une deuxième fois. Elle passait une troisième et dernière fois le soir aux alentours de vingt et une heures.
— Là, tu as pris conscience que tu étais différent ?
— Oui, en effet. C'est à ce moment-là que j'ai découvert, que j'étais légèrement différent des autres. C'était pour moi un nouveau monde, un nouveau stade dans la maladie. Et mes impressions, bien que lointaines, restent toujours aussi vivaces.
— Et comment ont réagi tes copains de classe ?
— A partir de ce jour-là, ils ont commencé à se poser des questions. Vous savez que les enfants sont d'une terrible cruauté ?
— Oui. Pourquoi ?

Parce que les enfants veulent tout savoir, qu'ils n'ont

aucune pudeur et qu'ils n'aiment pas les différences. En revanche, ils sont les premiers à détecter la différence et à vous enfermer dans une catégorie à ne pas fréquenter.

— Tu veux dire qu'on t'a mis à l'écart ?

— Certains, oui. Mais heureusement, j'ai eu des copains exceptionnels. Chaque jour, lors de ses périodes de cures d'antibiotiques, j'avais droit à tout un interrogatoire. Je me souviens de Gaétan, âgé de cinq ans, qui menait le débat, et de Rémy, du même âge, qui me défendait quand les questions devenaient trop gênantes. Le problème est qu'à cet âge, peu de choses nous paraissent gênantes.

— A part les piqûres, ça a été difficile à vivre ?

— Oui, parce qu'au cours des cures, je gardais en permanence une sorte d'aiguille dans le pli du bras. En plus de celle-ci, je portais une attelle qui m'empêchait de le plier pour ne pas me dépiquer. Je vous laisse imaginer.

— Surtout à cinq ans…

— Oui, à cinq ans, vivre jour et nuit avec une aiguille dans le bras et une attelle qui vous le paralyse, ça commence à vous gâcher la vie. C'était trop d'un coup. J'ai tout de même rapidement trouvé un avantage à ces cures d'antibiothérapies : j'étais dispensé des cours de natation. C'est sûr, les piqûres, c'étaient les ennuis qui commençaient.

— Personne n'est amateur de piqûres.

— Oui, je l'admets. D'autant plus qu'un jour, lors de la toute dernière perfusion de la quinzaine, ma veine s'est bouchée, ce qui arrive très souvent. Vous pensez bien que j'ai souhaité de tout mon cœur que l'on puisse oublier cette dernière perf. Je me disais : « une de plus ou une de moins, on s'en fout ». Et ben, pas l'infirmière, figurez-vous ! J'ai argumenté tout ce que j'ai pu, mais cela n'a pas suffi. L'infirmière était un peu gênée mais professionnelle. Elle s'est crue obligée de me repiquer pour une seule injection !

— Tu as dû la maudire !

— Je l'aurais étranglée. Je peux vous dire que ce petit passage de mon existence a totalement refroidi ma confiance envers les adultes et que j'ai compris la nullité de leur capacité de perception et de compréhension face aux douleurs des enfants.

— Cette différence, de plus en plus lourde, comment tu l'as vécue ?

— J'ai assumé, parce que j'ai compris que, quoi qu'il en soit, je ne maîtrisais ni mon avenir ni ma santé. J'ai admis qu'il fallait que je souffre pour mon bien, en quelque sorte.

— A cet âge ?

— Oui, à cet âge. C'est vrai que tout ceci est quelque peu prématuré. J'ai toujours trouvé démesuré qu'un enfant de trois, quatre, cinq, dix ou quinze ans, ait à subir ce genre d'épreuves, alors que, soi disant, nous sommes « tous égaux » sur cette terre. On ne devrait pas écouter ceux qui défendent cette notion. Ils n'ont aucune idée de ce qui peut se passer autour d'eux. Mais ce n'est pas très important. Passons.

— Tu as été soigné longtemps à l'hôpital Huriez ?

— Non. En 1995, il y a eu un nouvel hôpital dans la cité qui a été baptisé « Jeanne de Flandre ». Le service de pédiatrie y a été déplacé. J'ai de nouveau dû me familiariser avec un nouveau service. Comme il était situé seulement à une centaine de mètres de l'hôpital Huriez, géographiquement parlant, cela ne m'a pas trop dépaysé.

— Il était mieux ?
— Ah oui ! Cet hôpital est génial ! Il faut savoir que, dans le cadre d'affections longue durée, l'hôpital représente, en quelque sorte, une deuxième maison. Il est donc très important de s'y sentir bien. L'éclairage joue sur le moral. L'attention du personnel médical aussi, bien évidemment. Et, surtout, il faut pouvoir avoir des occupations non médicales et s'occuper l'esprit pour oublier que c'est la maladie qui nous retient ici.
— Mais ça paraît difficile, voire impossible !
— Oui, mais on y arrive. D'abord, l'hôpital Jeanne de Flandre est un très bel hôpital. Il est grand, lumineux, et, concernant le personnel médical, j'ai eu de la chance, parce que je n'ai pas eu à en changer. Tout le monde a déménagé. J'ai donc gardé les mêmes kinésithérapeutes, la même diététicienne, mais surtout, surtout, le même pneumologue.
— Il est connu, le CRCM de Lille ?
— Ah oui ! Le CRCM de Lille est l'un des meilleurs de France ! Non seulement, j'ai la chance d'être particulièrement bien suivi, mais aussi, en cas d'urgence, j'ai toujours au téléphone une personne qui me connaît, et qui a le pouvoir de m'aider. C'est très appréciable, très réconfortant.
— Appréciable aussi bien d'ordre sanitaire que d'ordre psychologique ?
— Absolument. Et comme j'ai pu vous le faire comprendre dès le début de cette entrevue, la mucoviscidose est une maladie qui ronge jour après jour les poumons, mais qui a aussi une influence épouvantable sur le moral, à certaines périodes de notre vie. Quand le mal-être devient trop incontrôlable, votre entourage joue

un rôle majeur dans votre combat. Il vous fait oublier ce quotidien difficile et cette prise constante de médicaments. Malgré ses craintes et ses peurs, il sait vous redonner foi en la vie.
— Tant mieux, parce que je suppose que la prise en charge que nécessite cette affection est lourde ?
— Oui. Considérable. On a des kinésithérapies respiratoires et des séances d'aérosolthérapie quotidiennes et, en plus, de nombreuses pilules à avaler. Bien sûr, la prise de médicaments varie en fonction des cas. On peut nous demander d'avaler une dizaine de comprimés par jour ! Jusqu'à une trentaine de gélules, parfois, en fonction de l'évolution de la maladie. Certaines sont des vitamines, d'autres des gélules d'enzymes pancréatiques, d'autres encore pour l'estomac, ou d'autres sont tout simplement à prendre pour lutter contre les épidémies qui circulent.
— Tu dois ne plus pouvoir les avaler, à la fin !
— Non seulement ça, mais pour des raisons plus qu'évidentes, il nous arrive aussi, de passer par des périodes moralement difficiles. C'est, par exemple, quand la peur du lendemain s'installe, ou que nous passons nos journées à nous morfondre, ou quand la solitude gagne et règne, ou que l'on prend trop goût aux sombres couloirs, ou que le seul avantage que nous trouvons à notre vie c'est qu'un jour elle se terminera. Il ne faut pas laisser la maladie prendre le contrôle de notre seule et unique vie. Il est difficile à ces moments-là de s'en sortir seul sans antidépresseurs.
— Les jeudis, la pêche mais aussi les kinés.
— Tu as quand même de bons souvenirs de l'année de tes cinq ans ?

— Oui, je me souviens, cette année, mon papa m'a fait découvrir l'univers des jeudis, un monde de fiction sublime. Cela m'a vite fait oublier mon quotidien. Je me suis rendu compte qu'il est capital de pouvoir s'évader lorsqu'on se bat contre une maladie quelle qu'elle soit.
— Cela permet de ne pas s'enfoncer dans une réalité trop dure ?
— Exactement. Il me vient en tête une petite anecdote qui a tendance à faire sourire ceux à qui je la raconte. Petit, je passais souvent des heures à tenter de déplacer un objet par la simple pensée. Cela n'a jamais fonctionné, mais vous me croirez ou pas, il m'arrive, encore certains soirs, en regardant un objet, de me dire que je pourrais réessayer de le déplacer. A croire que mon esprit rêveur me tient debout.
— Moi, mon rêve, ça serait de déplacer définitivement cette maladie et de la jeter à la poubelle de l'humanité.
— C'est pas gagné, ça, vous voyez, c'est pas gagné !
Pour en revenir à cette même année, mon père m'a aussi fait découvrir la pêche. Un truc génial. J'adorais aller pêcher avec lui. Je m'y sentais en sécurité.
— Raconte !
— Je me souviens le dimanche matin, nous devions nous lever aux alentours de cinq heures. Je traînais dans le couloir de longs quarts d'heures entiers. J'attendais avec impatience que le réveil veuille bien sonner et que mon père se lève. Nous allions prendre notre petit-déjeuner tous les deux dans la maison encore calme et silencieuse. Il me faisait découvrir son amour pour la pêche et, peu à peu, il m'a transmis sa passion. Devant l'eau du lac, à l'aube, avec lui, j'ai passé mes plus belles matinées. Maintenant que je suis plutôt adroit avec une canne à

pêche, je me demande comment il faisait pour profiter de ses matinées. Je passais mon temps à le déranger et à lui demander de m'aider à démêler chacun de mes nœuds.
— Et ta santé pendant ce temps, elle te laissait en paix ?
— Pas mal. Mes rêveries, mes découvertes, mes envies, mes projets sont sans doute les raisons pour lesquelles ma santé a pu se stabiliser. Je faisais en moyenne une cure d'antibiotiques tous les six mois, en plus, comme je l'ai précisé tout à l'heure, de l'aérosolthérapie et d'une séance de kinésithérapie respiratoire quotidienne.
— C'était important, ça, la kinésithérapie ?
— Ah oui ! Les kinés respiratoires n'étaient pas à prendre à la légère ! Elles sont très importantes pour nous ! On les fait pour nous aider à expectorer le mucus qui, en s'accumulant, est à l'origine de nos difficultés respiratoires. En outre, il nous est parfois prescrit des séances d'étirements.
— Pourquoi ?
— Parce que lorsque nous toussons, nous nous recroquevillons. Le fait de se recroqueviller rentre les épaules et courbe le dos. Avec le temps, cela provoque des douleurs dorsales et tout le long de la colonne vertébrale. C'est pour ça que le sport est aussi très important. Il permet de travailler à la fois les articulations et la respiration.
— Dis donc, la mucoviscidose ne vous laisse pas beaucoup de répit !
— Non, mais en 1996, mes parents conscients de mon enthousiasme pour ma nouvelle passion pour la pêche, ont accepté de m'inscrire dans une école de pêche. L'avantage de celle-ci était de me faire pratiquer ce sport…

— Ah, parce que c'est un sport, la pêche ?
— Bien sûr que c'en est un ! Chaque mercredi après-midi, j'allais à Villeneuve d'Ascq, à environ vingt kilomètres de notre maison. Les leçons avaient lieu de quatorze à dix-sept heures. Il fallait pêcher un maximum de poissons pendant ces trois heures de pêche intensive et terminer l'après-midi avec une bourriche plus lourde que celle des amis.
— Et ça te plaisait cette école de pêche ?
— Oui et non. Je n'ai jamais aimé l'esprit de compétition. C'est d'ailleurs une des raisons pour lesquelles j'ai quitté cette école en 1999. Un de ces fameux mercredis, je ne me souviens guère de la date, mon père est venu me chercher au bord du lac des Espagnols pour m'emmener dans le plus grand magasin de pêche que j'ai jamais vu. Il se situe entre la France et la Belgique, mais plus près de cette dernière. Mon père m'a offert ma première bourriche et une très belle épuisette me permettant de soulever une brème à plusieurs mètres du bord.
— Tu y es retourné depuis ?
— Oui, quelque fois. Ce lieu est mythique pour moi. Mais il n'a plus la même odeur, ni la même signification. D'ailleurs, je suis beaucoup moins enthousiaste à l'idée d'y entrer. Je sais qu'une fois dedans, cet après-midi passé il y a douze ans me sautera affreusement au cœur. Je ne peux finalement plus y entrer sans mélancolie.

Neuf ans.
Au revoir, Papa.
A jamais.

— Pourquoi, cette mélancolie ?
— Parce que j'ai peu de souvenirs de cette époque, juste de tristes images. Je crois, en plus, que je n'étais pas encore conscient du poids que je serai susceptible de représenter pour la société.
— Un poids pour la société. Mais pourquoi ?
— Je vais vous expliquer. J'ai toujours eu une apparence corporelle chétive. Cependant, lorsque j'étais jeune, j'avais un physique quasiment semblable à mes camarades. Nous faisions la même taille, nous avions les mêmes activités et des projets similaires. Aujourd'hui, ils ont grandi. Pas moi. Non seulement je suis devenu le plus petit d'une bande d'amis pour la vie, mais, en plus, pour le moment, ma santé ne me permet pas d'avancer dans l'existence. Mes amis, eux, progressent et se construisent un avenir sur des bases solides. Moi, j'ai fait le choix de m'arrêter au Baccalauréat. Je suis même en train de me demander si j'aurais plus tard la force de travailler, habiter une maison et fonder une famille. Voilà, selon, moi pourquoi je représente un poids pour mon entourage.
— Tu me parles de tristes images liées à cette époque. Pourquoi ?
— Parce que l'année 1998 a bouleversé ma vie. Je préférerais ne pas l'évoquer et ne pas avoir à me replonger dans tous ces mauvais souvenirs, mais je crois qu'elle est à l'origine de la suite. Il est donc important pour vous de savoir ce que j'ai à vous dire. C'est peut-être, après tout, la raison de certaines de mes souffrances.

— Qu'est-ce qui s'est passé, cette année-là ?
— J'ai dit au revoir à jamais à mon père et dans des circonstances abominables, en plus.
— Il est décédé ? C'est ça ?
— Oui. A cette époque, je ne savais que peu de chose à propos de la signification réelle des mots « mort » ou « décès ». Je ne pensais pas un seul instant que plus jamais je ne reverrai mon papa. Je peux vous dire qu'aujourd'hui, j'ai rattrapé le temps perdu. Croyez-moi. Lors de la cérémonie de son enterrement, j'ai eu à lire une lettre qui lui était dédiée. Je n'ai pas pu la terminer. Je me rappelais ce qu'il avait été, ce qu'il était et ce qu'il continuerait d'être pour moi. Aujourd'hui, encore, bien sûr, j'en souffre terriblement.
— Je suis désolée. Crois-moi, je suis désolée. En plus, ça a dû être très dur pour ta famille aussi.
— Oui. Ce fut une période très difficile pour nous tous. Cet événement aurait dû faire de nous une famille plus soudée que jamais. Mais, en fin de compte, ça l'a morcelée. C'est en tout cas l'impression que j'ai.
— Pourquoi ?
— D'abord, maman a décidé de déménager pour essayer de se construire une nouvelle vie. Ensuite, cette nouvelle vie s'est soudainement révélée triste et vide. De ce jour à aujourd'hui, j'ai énormément pleuré. La douleur ne s'estompe pas. On pourrait croire que ces années passées m'ont donné une opportunité d'autonomie et de responsabilité. Mais plus j'avance, plus mes douleurs physiques mobilisent mon énergie et me demandent un courage dont je suis incapable de faire preuve des fois. J'ai de plus en plus besoin d'être soutenu. Alors, j'imagine que ce père m'aiderait s'il était là. Il manque à

ma réussite. C'est très dur de vivre sans lui et de n'avoir que très peu de mémoire de ce que j'ai vécu avec lui. J'ai des souvenirs merveilleux de lui, bien sûr. Mais j'ai peur de les avoir idéalisés et qu'ils ne soient, finalement, qu'un reflet de ce que cet homme a véritablement été pour moi. De toute évidence, j'aurai aimé le connaître d'avantage.

Onze ans,
Toi indemne.
Moi muco.

— Tu avais quel âge quand on est entré dans le vingt et unième siècle ?

— Onze ans. C'est à cet âge que j'ai soudain compris qu'il ne me restait, peut être, que la même somme d'années à vivre. Inutile de vous dire qu'à partir de ce moment-là, mes projets, mes pensées et ma vie ont changé.

— Qu'est-ce qui t'a fait comprendre ça ?

— Un livre. Je me souviens encore de la nuit que j'ai passée. Je suis tombé, pour la première fois, sur un livre répertoriant les symptômes de la mucoviscidose. Plus je lisais et plus je pleurais.

— Qu'est-ce que tu y as appris ?

— J'y ai appris que mon espérance de vie n'était seulement que d'une quarantaine d'années et que seulement un tiers des malades avaient plus de dix-huit ans. Il y était dit aussi que quatre-vingt-dix-huit pour cent des hommes étaient stériles. J'ai appris également que, non seulement, la mucoviscidose touche les voies respiratoires, digestives et la morphologie, mais qu'en plus, elle nécessite des séances d'oxygénothérapies, à un certain stade de son évolution. Cela voulait dire que mes poumons se bouchent peu à peu, qu'ils se boucheront de plus en plus, et ce, jusqu'à ma mort.

— Terrible prise de conscience…

— Oui. La phrase qui m'a fait littéralement suffoquer, c'est le cas de le dire, a été celle où il est dit que cette maladie ne se guérit pas. Elle signait une fin de non-

recevoir. A cet instant, les lettres procréaient des mots qui procréaient des phrases qui m'ont fait réaliser que mes jours passeraient plus vite que vos heures.
— A onze ans, c'est tellement dur…
— Oui, et onze ans, c'est l'entrée en sixième et c'était pour moi une année pour le moins déconcertante. Je rentrais au collège et je me suis totalement senti perdu, le premier jour. Les bâtiments me semblaient immenses et la foule de collégiens que je ne connaissais absolument pas atterrante. En plus, cette année-là, je venais de me faire opérer. Ma maman avait fait part à mes professeurs de sa peur de me laisser partir au collège, parce que je risquais de me faire bousculer.
— Pourquoi, on t'avait opéré ?
— J'ai eu mon premier port-à-cath. Il s'agit d'un dispositif implanté sous la peau, qui est destiné à assurer un accès vasculaire permanent pour les injections, perfusions et prises de sang, tout en préservant les veines périphériques.
— C'était l'année de tous les dangers, alors ?
— Oui, et peu de mes nouveaux camarades avaient compris que j'étais physiquement plus faible qu'eux. Par exemple, je me souviens qu'un jour, dans les rangs de la classe, en cour de récréation, alors qu'on attendait notre professeur de mathématiques, deux garçons m'ont bousculé en se chahutant. Ils n'avaient pas la moindre méchante intention et je n'ai rien dit, mais Marc, un de mes camarades de classe, leur a rappelé ma fragilité. J'en suis resté bouche bée.
— Tu en gardes quand même un bon souvenir, toi, de cette nouvelle vie ?
— Honnêtement, je suis assez nostalgique de ces années,

mais bien heureux quand même qu'elles soient terminées. J'avoue qu'à partir de cette période, je me suis relâché. En fait, depuis la sixième, j'ai très rarement ouvert un cahier.

— Non ?

— Si. Je suis passé du statut de petit protégé de la classe à celui d'« élément perturbateur ». Et c'était super. À la maison, c'était la solitude et l'incompréhension, alors, au collège, j'ai « décidé » que ça serait « récré ». Le collège a vite été pour moi un lieu d'amusement, et je n'étais que très rarement pressé de rentrer à la maison.

— Et ça se passait comment en classe ?

— J'étais incapable de rester assis sur ma chaise à écouter les professeurs. Je me tournais vers la gauche, la droite, derrière. Un vrai ressort. En plus, je parlais sans cesse. Je sautais sur chaque occasion pour sortir une plaisanterie. Je n'arrêtais pas. Bref, j'étais devenu infernal.

— Alors, l'année 2000, ça a été quoi, pour toi ?

— L'année 2000 a été synonyme de mauvaise nouvelle, pour moi. Dans la mucoviscidose, il y a plusieurs étapes pour le malade :

Au début, on est conscient du mot lui-même, « mucoviscidose », mais pas de ce qu'il peut représenter. Nous vivons « comme tout le monde », ce qui veut dire qu'il y a toujours la lumière d'un lendemain, à l'horizon.

Ensuite, il y a la découverte de la maladie, mais surtout de ce qu'elle engendre. Et d'un coup, sans même que notre état ne s'aggrave, les difficultés s'installent en nous : une peur du lendemain, et donc, vis-à-vis des autres, un sentiment de révolte. C'est comme si nous nous mettions à reprocher à notre entourage leurs joyeux destins alors

que le nôtre est forcément triste et tragique.
Et enfin, pour finir, il y a l'état de santé qui empire et les fonctions respiratoires qui diminuent. Et, alors là, psychologiquement, c'est une autre histoire.
— A tes yeux, tu en étais à quelle étape ?
— En sixième, je me situais plutôt à la deuxième étape. D'ailleurs, j'ai commencé à beaucoup manquer l'école à cause d'hospitalisations plus ou moins longues. Du coup, je devais rattraper le retard que je prenais, mais bon, je vous avoue qu'il y avait du laisser-aller de ma part.
— Il fallait bien en profiter un peu, quand même…
— Oui, et puis, j'ai toujours préféré l'hôpital au collège et à l'enseignement, ou, pour le dire autrement, la souffrance à l'inconscience.
— L'un n'empêche pas l'autre…
— Oui, nous sommes d'accord, mais, sans faire l'apologie de la souffrance, elle déclenche bien souvent des prises de conscience. Le contraire est peu probable. En fait, à l'hôpital, je suis chez moi. Bien que ce lieu soit redouté, j'y ai lié beaucoup d'amitiés. Le collège, en dehors de l'enseignement, était plutôt un lieu où j'étais entièrement différent des autres.
— Quelles conséquences ça avaient sur ta vie ?
— Par exemple, lorsque mon médecin me demandait si je préférais être hospitalisé pendant les périodes scolaires ou bien pendant les vacances, je répondais toujours pendant les périodes scolaires.
— Pour te faire des petites vacances ?
— Exactement. On peut y voir de la fainéantise, mais, après tout, je n'ai pas choisi mon handicap. Alors pourquoi n'aurais-je pas droit à de petites vacances comme « tout le monde » ?

— Bien sûr.
— Il y a d'avantage de contraintes à être atteint de mucoviscidose que l'inverse. Alors, je n'allais tout de même pas en rajouter. Bien au contraire. J'étais décidé à profiter de tous les avantages que la société mettrait à ma disposition. Et j'y suis toujours résolu. N'en feriez-vous pas autant à ma place ? Ah, j'oubliais, vous n'y êtes pas, à ma place… Sacré indemne !
— Tu m'en veux d'être « indemne » ?
— Non, pas vraiment. Mais « Indemne », c'est le mot que j'ai toujours utilisé pour qualifier les gens qui ne sont pas atteints par la mucoviscidose. C'est plutôt valorisant pour certaines personnes. Elles sont plusieurs à ne pas aimer ce terme. Elles pensent que je les regarde de haut. Alors que, de toute évidence, je me bats pour ne pas les regarder d'en haut. Si vous voyez ce que je veux dire.
En tout cas, ce que chacune des personnes qui veulent me comprendre devrait savoir en priorité, c'est que la maladie n'est pas l'excuse d'un comportement différent. Elle en est simplement la raison.

Vacances !

— En juillet 2000, maman décida de m'envoyer dans une colonie sanitaire pour me requinquer. C'était la première fois que je quittais le domicile familial.
— C'était où ?
— C'était à Osseja, une petite ville des Pyrénées Orientales. La colonie de vacances s'appelait « La perle Cerdane ». A mon arrivée, je fus très étonné de constater qu'il n'y avait que deux mucos. Il y avait Coralie, une Parisienne très « chic », âgée de quinze ans, chez qui les médecins n'avaient diagnostiqué la maladie de la mucoviscidose qu'à l'âge de treize ans, et moi. Dans le reste du centre il y avait des asthmatiques et des jeunes en surpoids. La direction avait très bien organisé notre séjour.
— C'est-à-dire ?
— C'est-à-dire que personne n'était autorisé à utiliser les ascenseurs si ce n'est les mucos et quelques personnes ayant de l'asthme important. Le bâtiment avait sept étages. Le premier et le second n'étaient pas ouverts lors de la période estivale. Il était réservé aux classes, car le reste de l'année, la colonie se transformait en collège où étaient admis de jeunes obèses. Au troisième, il y avait des jeunes en surpoids qui, eux, venaient uniquement pour une cure mensuelle. Au quatrième, il y avait les jeunes asthmatiques. Moi, j'étais au cinquième, où il y avait des asthmatiques mais aussi des obèses, et la moyenne d'âge était d'environ douze ans. Au sixième, c'était l'infirmerie du bâtiment. Le septième, lui, rassemblait les asthmatiques plus âgés mais aussi Coralie. Les mucos étaient donc selon leur âge, placé au

cinquième ou au septième étage.
— C'était quoi, ton emploi du temps, en vacances ?
— Chaque matin, nous étions réveillés à huit heures trente, muco ou non, obèse ou non, fatigué ou non. A neuf heures, je descendais seul, pour la première séance de kinésithérapie de la journée. Pendant ce temps-là, le reste de mon groupe déjeunait tranquillement avant d'enchaîner sur les activités. Ensuite, après la kiné, je montais au sixième pour y faire ma première séance d'aérosol qui durait environ une dizaine de minutes. Vers dix heures, je remontais pour déjeuner. Bien souvent le groupe avait terminé, alors je déjeunais en compagnie d'un éducateur resté à l'étage pour m'attendre. Puis ma matinée sportive commençait, jusque douze heures trente, heure à laquelle avait lieu ma deuxième séance de kiné.
— Dis donc, tu ne chômais pas, pour un vacancier !
— Non, ça, je ne chômais pas. A treize heures, nous mangions. Cette fois, je pouvais manger avec la totalité du groupe, ce qui était bien plus agréable.
L'après-midi jusque dix-huit heures, là encore, nous faisions des activités comme le foot, la piscine, des ballades, du vélo, de la randonnée, de la pêche, etc. A dix-huit heures trente, une troisième kiné m'attendait. Nous prenions tous notre douche à dix-neuf heures. Comme les températures frôlaient les trente-cinq degrés, c'était, de loin, l'heure la plus appréciée par tous.
A vingt heures, nous dînions et, aussitôt, je remontais au sixième pour faire ma deuxième séance d'aérosol. De vous à moi, ce qui était bien, c'est que je passais les séances d'aérosols, de kiné et parfois les petits-déjeuners en compagnie de Coralie. C'était une amie véritable et

une fille pleine de vie.
— Et on vous demandait de vous coucher à quelle heure ?
— L'extinction des feux officielle se faisait à vingt-deux heures. Je dis « officielle » parce que nous n'avions pas souvent envie de dormir. Nous étions très souvent tentés de mettre de l'ambiance, en tout cas celle que l'on jugeait opportune.
— Et ça donnait quoi ?
— De vrais délires. Je me souviens de la première fois que j'ai fait de la « sorcellerie », par exemple. Vous savez, le genre d'idiotie que l'on fait entre mômes, avec un verre retourné, vingt-six lettres en papiers et dix doigts croisés. Dans ce genre de bande, il y en a toujours un qui sait tout, qui a tout vu et à qui il est toujours tout arrivé. Et bien, cette fois-là, rien ne lui arrivait, dites donc. Les esprits ne voulaient plus venir. Sa crédibilité en a pris un sacré coup. Mais, nom de nom, qu'est ce qu'on a eu peur ! Je me demande même si ça n'a pas été ma toute première nuit blanche. En tout cas, voilà le programme d'une des trente journées de ce mois de Juillet.
— A part Coralie, tu y as trouvé des gens sympas ?
— Oui et non. J'ai rencontré là-bas une équipe de kinésithérapeutes adorables. En revanche, j'ai gardé un moins bon souvenir des infirmières qui devaient me faire faire mes aérosols. A l'étage de l'infirmerie, j'ai rencontré d'autres personnes venant pour des problèmes différents. Il y avait deux hémophiles, par exemple, que je n'ai jamais compris. J'y ai rencontré une véritable anorexique, aussi. Alors là, j'étais ahuri, heurté, même ! C'était la première fois que j'en voyais une.

— Et alors ?

— Habituellement, je rencontrais plutôt des filles perdues dans leur adolescence ou en manque de reconnaissance. Mais, en face d'elle, moi qui me suis toujours trouvé trop maigre, je me suis tout de suite trouvé trop gros, dites donc. C'était une très gentille fille, d'ailleurs. En apparence, hormis son manque de poids, elle paraissait normale, indemne, quoi. J'ai commencé à parler avec elle. J'ai voulu savoir ce qui n'allait pas. J'ai même, à plusieurs reprises, petit déjeuné en sa compagnie. Elle refusait ce repas. Pour moi, c'est pourtant le plus sympathique de la journée, dans les milieux hospitaliers, en tout cas. J'en étais ébahi. Une tartine avec de la confiture de fraise ou d'abricot, que demander de plus ?

— Quelle « drôle d'indemne », hein ?

— Ah oui, ça, drôle d'indemne ! De toute évidence, elle avait un problème dans la tête qui était bien plus grave que celui que j'avais dans les poumons. Comme je l'ai dit tout à l'heure, je n'ai d'abord pas compris que l'on puisse être à la fois en bonne santé et manquer à un tel point de confiance en soi. Puis, avec le recul, j'ai compris que si c'était à la portée de tout le monde de comprendre ce qu'est vraiment l'anorexie, il y aurait beaucoup moins de malades, vu qu'on saurait les guérir. J'ai tout tenté pour l'aider. J'ai vanté son physique, sa personnalité. Mais rien n'y a fait. Elle ne mangeait pas. J'espère qu'elle s'en est sortie depuis.

— Ce n'était pas trop dur pour toi de quitter ta famille si jeune ?

— Si. C'était très difficile de les quitter pour ne me consacrer qu'à ma santé. Mais je suis heureux, plus que tout, d'avoir rencontré une fille telle que Coralie. De

plus, je ne suis pas de mauvaise foi. J'admets que ces cures en montagne me faisaient un bien fou. Ce fut pareil pour Coralie. Elle est revenue avec Elodie, une amie à elle, également atteinte de Fibrose, l'année d'après.
— Tu l'aimais bien, Coralie, hein ?
— Oui, et au moment où je vous parle, d'ailleurs, j'y pense avec tendresse et douleur, parce que Coralie nous a quittés le dix-sept septembre 2006. Elle était en attente d'une greffe. Une fille douce, belle, sympa, qui était pleine de vie. Mais voilà, sa vie fut tellement éphémère... Vous ne pouvez pas vous rendre compte !
— C'est la première amie que tu as perdue à cause de la mucoviscidose ?
— Oui. Sa disparition m'a ouvert les yeux, car, même pour moi, il était difficile d'admettre la réalité. En fait, je me disais que l'espérance de vie, après tout, ce n'étaient que des chiffres.
— Tu y es retourné à Osseja ?
— Oui, en 2001 et en 2002. Maman le souhaitait et le personnel médical aussi. J'ai vraiment gardé de merveilleux souvenirs de ces trois séjours.

Septembre 2001,
Le trait rouge ou la sonde.

— Septembre 2001 a été pour moi le mois où j'ai tourné une nouvelle page de mon existence.

— Qu'est-ce qui s'est passé ?

— Les problèmes digestifs inséparables de la mucoviscidose sont liés principalement au dysfonctionnement du pancréas. La digestion ne se fait pas correctement et la prise de poids est donc très difficile. Comme quatre-vingt-dix pour cent des gens atteints de mucoviscidose, j'ai toujours été beaucoup trop malingre. Personne n'ignore que plus on est menu plus les infections bactériennes sont susceptibles de nous affaiblir. Mais il existe plusieurs façons de remédier à ce problème et d'aider le patient à atteindre le trait rouge sur la balance.

— Le trait rouge ?

— Oui, celui des quarante-cinq kilogrammes, pour moi. Je vais vous faire une confidence. Mon poids et ma taille sont mes plus gros complexes. J'ai toujours eu du mal à supporter les réflexions qui me rappellent ma corpulence trop faible. Bien que j'aie toujours su y répondre, elles m'ont très peiné à de nombreuses reprises. Pour en revenir à mon manque de poids, les deux possibilités les plus courantes pour remédier à ce problème sont la gastrostomie et la nutrition par sonde nasogastrique.

— C'est-à-dire ?

— La gastrotomie, ça consiste à réaliser, au niveau de l'abdomen, un orifice faisant communiquer l'estomac avec l'extérieur. La nutrition entérale, elle, consiste à s'administrer un liquide nutritif en utilisant une sonde qui

passe par le nez et qui descend jusqu'à l'estomac.
— Quelle horreur ! Et pour toi, c'était quoi ?
— On ne m'a jamais fait de gastrostomie, pas encore devrais-je dire. Mais, trois années consécutives, j'ai eu à m'administrer des doses de liquide hypercalorique. Chaque soir, je m'installais et branchais la sonde du nez à l'estomac. Je l'enlevais le lendemain matin.
— Mais c'est barbare !
— Il y a pire. En tout cas, avec l'expérience, je suis même allé jusqu'à me chronométrer en train de mettre la sonde. En dix secondes, j'étais capable de la poser, c'est-à-dire de la faire passer de la narine gauche jusqu'à l'estomac. ! Ouais !
— Ce n'était pas un jeu, quand même ?
— Non, mais cela m'amusait... Quand on ne peut rien changer, il faut chercher à trouver le bon côté des choses. J'ai eu trop souvent des quolibets à supporter de la part de mon entourage, au collège ou au lycée. Je dois avouer que je les ai toujours très mal vécus.
— Mais ce n'était pas de ta faute !
— Non. Je sais bien. Je n'avais pas de problème avec la prise de nourriture. Je ne suis pas quelqu'un qui ne mange pas ou, au contraire, qui mange démesurément. C'est pour ça que je veux bien admettre que je ne suis ni grand ni gros, mais que je n'accepte pas que l'on insiste là-dessus. Je considère en avoir assez souffert comme ça, même si, à force, c'est devenu une habitude d'entendre des plaisanteries à ce sujet. Cela n'est pas du tout insignifiant de se passer une sonde allant du nez à l'estomac chaque soir, vous savez.
— J'imagine, oui.
— Si tous les obèses, pour maigrir, mettaient autant de

chance de leur côté que moi j'en mets pour grossir, il y aurait beaucoup moins d'obésité dans le monde. La sonde nasogastrique, croyez-moi ou pas, ce n'est pas toujours une partie de plaisir. C'est peu dire.
— Et du côté de tes poumons, ça allait mieux ?
— Oui, un peu. Je faisais en moyenne trois cures d'antibiotiques par an, soit une tous les quatre mois. Et avec l'avis positif de l'équipe médicale, je pouvais désormais entamer mes perfusions à la maison. C'était bien parce que ne pas aller à l'hôpital me permettait de continuer à suivre ma scolarité et d'être le moins pointé du doigt possible. Je gardais une vie de famille intacte, en plus. Et puis, entre nous, à certaines périodes de l'année, il est normal de ne pas vouloir être enfermé dans un hôpital.
— Bien sûr.
— Ceci a duré jusqu'au jour où, en 2004, j'ai chopé une monstrueuse allergie qui s'est traduite par des démangeaisons cutanées... N'ayant pas compris d'où venaient ces démangeaisons, je me souviens m'être gratté des jours et des jours et des nuits et des nuits. On continuait à me faire les injections jusqu'au jour où ma souffrance a atteint son seuil de tolérance. Les crèmes, les massages, rien ne pouvait arrêter ce supplice.
— Elle ne pouvait pas s'en douter, l'infirmière ?
— Je ne sais pas, mais, depuis cette sale expérience, je pense que les organisations de renseignements spéciaux devraient se procurer des doses d'antibiotiques pour faire parler des suspects allergiques. Ils en deviendraient totalement fous. Depuis ce mauvais tour, j'ai pris l'habitude d'entamer mes cures directement dans le service de pédiatrie pour être pris en charge tout de suite

en cas de problème. Et puis, cela me permet de rester deux ou trois jours dans un lieu calme et reposant. Mais ça change du domicile qui, lui, est plus convivial. L'inconvénient, c'est que l'on n'a pas toujours envie de se reposer. Enfin, toujours est-il que depuis, l'expérience « allergies » s'est reproduite à deux reprises avec d'autres antibiotiques.

« Quand je serai grand, Je serai pompier ».

— Et avec tout ça, tu continuais le collège en même temps ?
— Oui. J'étais en troisième. Une année agréable. J'étais accompagné d'une bonne bande de dix-huit copains, et nous étions devenus les plus grands du collège, ce qui n'était pas négligeable. Pour moi, ce détail avait même toute son importance. Mais tout n'a pas été rose. Il nous a été demandé de choisir notre orientation pour déterminer la suite de notre parcours scolaire. Aussi étrange que cela puisse paraître, j'étais perdu.
— Pourquoi ?
— Parce je voulais devenir pompier. Le principe de cette profession me plaisait plus que tout. Dans le courant de l'année scolaire, des pompiers étaient venus nous apprendre en quoi consistait leur métier. Je n'avais vu défiler ni handicapé, ni muco, ni personne ventant sa triste journée ou un destin sombre ou dramatique. Peut-être parce que j'étais le seul de l'établissement. Encore une bonne occasion de dire que mon monde est bien différent de celui des autres. Pour des raisons plus qu'évidentes, un avis défavorable a été donné à ma demande de formation de sapeur-pompier. Je me souviendrais toute ma vie de l'avertissement assez cohérent, mais blessant, que m'avait fait une personne du corps médical. Elle m'a dit, mot pour mot : « Tu pourras toujours laver les camions ».
— Quel manque de délicatesse !!!
— Oui, cela peut paraître méchant et même sadique, mais moi, j'aime assez ce type de remarque. D'abord, il

s'agissait d'un projet professionnel, et puis il n'y a pas de quoi en faire une affaire d'état. Il y a des tas de métiers. Je suis forcément fait pour l'un d'entre eux. Je ne m'inquiétais pas encore. Aujourd'hui, ayant gagné en expérience, voire en sagesse, je reconnais que mon projet de sapeur-pompier n'était vraiment pas le plus judicieux. Mon choix n'était absolument pas pertinent.

— Alors, tu as opté pour quel métier ?

— J'ai voulu me diriger vers un des métiers de cuisine. Pour la deuxième fois, on m'en a refusé la possibilité. Cette fois, la raison du refus était que l'emploi du temps de ces métiers est très fatiguant.

— Mais ça ne t'a pas mis en rage ?

— Si. Un sentiment de révolte a germé en moi. J'ai trouvé injuste que des gens qui ne me connaissaient pas et que je ne connaissais pas non plus puissent avoir tant d'influence sur ma vie. Je voulais, et je veux toujours, demeurer le maître de ma propre vie, et ceci malgré la maladie. Non seulement, ça n'a pas changé, mais ça ne changera pas.

— Il fallait quand même faire un choix ?

— Oui. Nous arrivions déjà en fin d'année et je n'avais toujours pas choisi mon orientation. Mes notes ne me permettaient pas d'accéder à une seconde générale. Ces deux refus m'avaient profondément et véritablement vexé. Que faire ? Où le faire ? Comment le faire ? Je voulais être pompier ou cuisinier. Aucun autre métier ne me tentait. Mes professeurs et ma famille se sont mis à chercher pour moi. Ils m'ont demandé ce que j'aimais faire, et ont tenté de trouver une activité qui m'avait toujours intéressé.

— « Le bricolage ? »….

— C'est vrai que j'ai toujours aimé bricoler mais de là à en faire mon métier, non. Puis, par manque de temps, de possibilité et d'envie, je me suis dirigé vers quelque chose qui me semblait plus « manuel », mais qui, malgré tout, demanderait une pincée de lucidité. J'ai trouvé un lycée privé de Lille qui proposait une formation pour obtenir un Brevet d'Etudes Professionnelles, avec option Electronique. Après le BEP, j'avais la possibilité d'enchaîner sur un Baccalauréat. Finalement, j'ai signé. A ma grande surprise, je me suis rendu compte que l'électronique n'avait rien de manuel. Il s'agissait au contraire d'une activité réellement et principalement intellectuelle. Ceci étant dit, j'ai entamé le lycée comme j'avais entamé le collège si vous voyez ce que je veux dire…
— Non. Comment tu l'as entamée ?
— J'étais perdu et gêné par ma phobie des autres. J'ai eu énormément de mal à me joindre à cette classe de Seconde Professionnelle Six. Le six était le chiffre qui correspondait à la spécialité. Le jour de la rentrée, je me suis posté à quelques dizaines de mètres de la grande porte d'entrée. De là, j'observais mes futurs amis, et je tremblais de peur à l'idée d'être de nouveau dépaysé. Le fait d'être au milieu de tous ces jeunes me terrorisait.
— Comment s'est passé le premier jour ?
— Notre professeur principal nous a distribué toute la paperasse nécessaire à la bonne marche de notre année scolaire. Après deux heures de solitude, j'ai pu rentrer chez moi. Finalement, ce n'était pas si terrible. Le deuxième jour, il a fallu nous familiariser avec nos nouveaux professeurs. A ma grande surprise, ce fut une journée amusante. Je me souviens de mon premier

contact avec l'un de mes camarades de classe. Je m'appuyais contre le mur en attendant que la porte de la cantine en self-service s'ouvre et Christopher est venu vers moi. Nous avons fait connaissance puis commencé à parler de notre cursus scolaire un peu plus sérieusement. Voyant notre conversation prendre de l'ampleur, plusieurs de nos camarades se sont joints à nous. Finalement, grâce à Christopher, ce fut une magnifique journée ensoleillée.

— C'était bien ce nouveau lycée ?

— La première année, je me suis demandé ce que je faisais là, au point que si j'avais pu changer de formation, je l'aurais fait. Mais je n'avais pas cette possibilité, et je n'avais pas non plus celle de rester à la maison. Du coup, de nombreuses après-midi, je me suis absenté de l'établissement. J'allais me promener dans les rues de Lille. J'étais parfois accompagné d'un camarade. Intérieurement, j'avais énormément de peine. Je me posais des tas de questions auxquelles j'aurais voulu avoir des réponses. Elles concernaient principalement mon futur. Mais à quel métier pouvais-je accéder en traînant dans les rues de huit à dix-sept heures ? Aucun, semble-t-il.

— Et l'évolution de ta maladie, ça te rajoutait du stress ?

— Oui. A mes doutes, s'ajoutaient ceux liés à la maladie. Est-ce que, même diplômé, ma santé me permettrait d'accéder à un travail à temps plein ? Serait-il généreusement rémunéré ? Je ne pouvais pas répondre à ces interrogations. J'ai eu une idée. Je me suis rapproché de la psychologue du service de l'hôpital qui me suit et j'ai pu obtenir quelques réponses. D'abord, chaque muco n'est pas identique. Certains ne peuvent pas travailler pour des raisons médicales. D'autres ne veulent pas travailler pour des raisons d'aide sociale. D'autres travaillent à temps partiel. Pour finir, il y en a d'autres qui travaillent à temps plein et qui occupent des postes importants. Finalement, j'ai repris confiance en l'avenir et pris conscience de l'importance de la scolarité. Je me suis surtout rendu compte de l'influence qu'avait le moral sur la santé. J'ai continué ma scolarité en me rendant chaque jour au lycée afin d'avoir la satisfaction d'obtenir un jour mon BEP en Electronique.

Vive la Belgique, une fois !

— En juin 2005, j'aurais dû normalement effectuer ma première période de formation en entreprise, mais le lycée, avec l'avis favorable du centre hospitalier, m'a laissé partir en « cure de repos ».
— Où ça ?
— Au Zee Preventorium de De Haan. C'est sur la côte Belge, et ce préventorium est connu pour être l'un des meilleurs centres de « revalidation » des personnes atteintes de mucoviscidose. Tout comme à la Perle Cerdane, en plus des mucos, ce centre accueillait des obèses. Il est ouvert toute l'année pour des classes d'élèves allant de sept à dix-huit ans.
— C'est comment là-bas ?
— C'est situé à quelques mètres des dunes. Une maison, dans l'enceinte de l'établissement, accueille six ou sept personnes atteintes de mucoviscidose, mais elle est exclusivement réservée aux adultes.
— C'est dur comme ambiance ?
— Plutôt, oui. Lors de l'inscription pour une cure d'un minimum de cinq semaines, nous devons accepter un contrat. Il faut faire entièrement notre traitement, se rendre aux heures demandées aux séances de kinésithérapie et rester sur place la première fin de semaine du séjour. Ensuite, il est possible, si nous le souhaitons, de rentrer à la maison chaque Samedi et Dimanche.
— Il y avait des gens sympas ?
— Oui. En même temps que moi, il y avait sept mucos, dont cinq adultes : Vanessa, Christine, Matthieu, Christophe, Jérôme, Marielle et Aurélie.

— Tu as un grand sourire en citant les deux derniers prénoms…
— Oui. Marielle était âgée de quatorze ans et habitait Lens, la capitale du Pas-de-Calais. C'était une grande habituée du préventorium. Elle en connaissait les bâtiments par cœur, mais aussi le personnel pour qui elle avait, bien évidement, énormément de respect. Elle était dans le groupe appelé les « Gypsies ».
— Elle était comment ?
— C'était une fille pleine de vie. Je l'ai appréciée dès le début. En cinq semaines, je ne l'ai jamais entendu se plaindre de quoi que ce soit, alors que cette fichue maladie ne lui donnait aucun temps libre.
— Et Aurélie ?
— Aurélie était une petite fille âgée de dix ans, mignonne comme tout. Elle venait pour des perfusions en intraveineuses. Son père l'accompagnait pour toute la durée du séjour. Les trois quarts du temps, elle restait au troisième étage, qui était celui de l'infirmerie. Lors des perfusions, nous étions obligés d'y rester.
— Pourquoi ?
— Pour rester dans une bulle saine et ne prendre aucun risque bactériologique. Et, pour la même raison, nous ne pouvions pas nous joindre aux activités proposées au reste des enfants.
— Et toi, tu étais dans quel groupe ?
— Moi, comme j'étais âgé de seize ans, je me trouvais dans le groupe appelé les « Copains ». Le groupe était constitué de Belges et de Flamands. J'y ai constaté avec étonnement la petite guerre permanente qui existe entre ces deux… communautés, on va dire…
— C'était marrant les noms des groupes…

— Oui. Il y avait aussi les « Beach Boys » ainsi que les « Teenagers », qui regroupaient les filles et les garçons proches de la majorité.
— Ce n'était pas trop lourd, côté traitement ?
— Je n'ai jamais été grandement captivé par les problèmes de santé. Je suis encore moins soucieux des miens. Je dirais même que je suis l'un des moins sérieux que la mucoviscidose ait pu connaître. Ce n'est pas bien, je le sais et je l'assume.
— Bon, OK…
— Ben, oui, j'en ai vite eu marre, moi, de tous ces traitements, ainsi que des procédés du ZPM, d'ailleurs.
— Que des inconvénients, aucun avantage ?
— Si, quand même. En dehors des aérosols à outrance, j'ai appris le drainage autogène.
— Qui t'a appris ça ?
— Son inventeur, Monsieur Jean Chevailler, avec qui j'ai eu la chance de travailler pendant ces cinq semaines. Cet homme m'a littéralement stupéfait. D'abord, il était d'une rare gentillesse et, en plus, tellement simple. C'était un véritable plaisir de se soigner avec un homme qui comprenait aussi bien ce que peuvent endurer les enfants. Il leur a consacré toute sa carrière de kinésithérapeute.
— Un peu comme Monsieur Turck, mais en kiné ?
— Exact. Si je devais le placer dans le coin de ma tête qui inclut les gens que j'affectionne, nul doute qu'il retrouverait le Professeur Dominique Turck ainsi que les deux kinésithérapeutes qui me suivent depuis toujours.
— Comment ça s'est passé ?
— Le premier jour, lorsque je suis arrivé, j'ai tout de suite été très bien accueilli dans le groupe. Les jeunes

non mucos semblaient connaître la mucoviscidose comme si eux-mêmes en étaient atteints.
— Comment ça se fait ?
— En fait, ils étaient présents à longueur d'année. Ils voyaient défiler beaucoup de mucos pour des cures allant de quatre à cinq semaines. Du coup, ça leur a permis d'en apprendre énormément sur les côtés physiques et psychologiques de la maladie.
— Pas trop dur, alors ?
— Ah si, quand même. Ce mois de Juin a été l'un des plus durs de ma vie, mais aussi l'un des plus bénéfiques. J'ai énormément gagné en capacité respiratoire et y ai fait de très belles rencontres, inoubliables en somme.
— Bons souvenirs, tout de même, donc ?
— Non plus, parce qu'en 2008, j'ai appris les décès de Marielle et d'Aurélie. J'ai énormément de peine quand je repense à ces deux filles pleines de vie. Je suis très triste pour leur famille.
— Cette mucoviscidose, elle fait des ravages !
— Oui. J'ai perdu beaucoup d'ami(e)s de la mucoviscidose. A chaque fois, je ne peux pas m'empêcher de me dire que je serai peut-être le prochain sur la liste.
— On dit souvent que la mucoviscidose est une grande famille. C'est vrai ?
— Totalement vrai. Nous nous retrouvons par petits groupes sur Internet, sur des forums, ou dans les hôpitaux. Nos vies respectives font que l'on se sépare quelques semaines, parfois même quelques mois, et quand nous revenons sur Internet, les forums ou dans les hôpitaux, certains ne sont plus là. C'est terriblement abrupt et nous nous retrouvons seuls. Chaque jour des

enfants meurt de la mucoviscidose. Ces jeunes n'ont pas eu le temps d'admirer l'immensité qui nous contient. Alors nous pensons à leurs familles, leurs proches et leurs équipes de soignants.

— Tous ces jeunes avaient le même traitement et un Port-à-cath comme toi ?

— Probablement. On essaie tout pour améliorer et prolonger nos vies.

— Et le Port-à-cath c'est supportable ?

— C'est une libération. Malheureusement lorsque j'ai commencé les cures d'antibiotiques, à l'âge de cinq ans, je ne portais pas encore ce système.

— Pourquoi on te l'a mis ?

— Les produits qui me sont injectés brûlent radicalement les veines. Le CHRU a opté pour cet appareil, lorsque mes veines du bras et de la main ont commencé à ne plus les supporter.

— Donc, avec un Port-à-cath, tu avais moins de problèmes ?

— Oui, en quelque sorte. Grâce à ce dispositif, je me sens mieux et j'ai une réelle reconnaissance envers celui ou celle qui l'a inventé. Il est gênant parce que visible, mais c'est véritablement un synonyme de liberté.

— C'est un moindre mal, c'est ça ?

— Oui, mais un mal quand même. Par exemple, en septembre 2005, les premiers problèmes avec le Port-à-cath sont apparus.

— Lesquels ?

— Lors d'une des deux injections annuelles d'héparine, la veine s'est trouvée bouchée. L'infirmière a tenté d'y remédier à l'aide d'un de leurs produits dits « miraculeux »

— Mais qui ne l'était pas ?
— Effectivement, il ne l'était pas. Tant et si bien que, ne pouvant plus rien faire, une opération a été programmée pour remplacer le Port-à-cath défectueux.
— Encore un passage en salle d'opération…
— Oui. Ces passages sont toujours très marquants. En même temps, ce qui m'a toujours fasciné, c'est que nous craignons d'avantage le chirurgien, qui de toute évidence est là pour nous sauver d'un mal quelconque, que le médecin qui, lui, a pour métier de faire le rapprochement entre nos symptômes et une pathologie.
— C'est probablement l'appréhension de l'inconnu.
— Oui. On s'endort après avoir tenté de résister et l'on se réveille ailleurs. Ou bien l'on ne se réveille pas. Mais ça, c'est une autre histoire.
— Et comment s'est passée cette nouvelle intervention, alors ?
— Dès le réveil, force a été de constater que l'opération ne s'était pas parfaitement déroulée.
— Ah bon ?
— Le déroulement de l'opération était simple. Les chirurgiens retiraient le Port-à-cath et en posaient un autre. Mais voilà qu'au moment de poser l'autre, quelques complications sont apparues. Les veines étaient thrombosées. Ils ont fait appel à un autre chirurgien, occupé dans un autre bloc, pour entendre un avis différent. Probablement que, dans un bloc, plus on est de fous, plus on rit. Le diagnostic du collègue n'a malheureusement pas été plus réconfortant. Résultat des courses, je n'ai pas eu de Port-à-cath. Je me suis retrouvé avec une aiguille dans la main gauche, le comble pour un gaucher, et quinze jours de cure en intraveineuse.

— Ton réveil a dû être insupportable.
— Ah, ça oui. Cette nouvelle injustice m'a fait éclater dans une colère noire. Pour la première fois de ma vie, j'étais écumant de rage. J'ai encore l'image de ce jour qui me reste dans la tête. Je me souviens de moi, allongé dans mon lit, tout engourdi, en train de tâter mon torse et tenter de sentir le nouvel objet. Rien. L'horreur. Je tâtais, cherchais, tâtais. Rien. Je l'ai cherché jusqu'à ce que le chirurgien entre dans la chambre et m'explique qu'il n'y avait rien. Si je n'avais pas été nauséeux au dernier degré, je lui aurais sauté à la gorge et quitté les lieux au plus vite. J'avais été hospitalisé, endormi, ouvert, intubé pour rien ! Je les aurais bouffés !

Internet pour vider son cœur,
Ses lecteurs pour le remplir.

— Comment tu as exprimé cette colère et étanché ta soif d'être compris ?
— J'ai décidé d'écrire ce que je vivais. Je me souviens même de la date. C'était le dix-neuf septembre 2005. J'ai commencé à raconter mes idées, mes ressentis, mon bonheur, mes douleurs, tout ce qui pouvait alimenter le journal d'une personne en danger…
— En danger de quoi ?
— De lui-même parfois. J'ai d'abord vidé mon cœur grâce au traitement de texte. J'écrivais tout ce qui pouvait me soulager. Il y avait du bon et du mauvais…
— Et ça t'a aidé ?
— Disons que, suite à ça, je pouvais me coucher comme je m'étais levé. C'est-à-dire, à peu près neutre face à mes douleurs, et neutre face à mon futur plus que douteux. Puis un jour, en écrivant, je me suis rendu compte que la raison pour laquelle je le faisais s'en était allée.
— Cela ne te soulageait plus ?
— Non. J'écrivais le meilleur comme le pire, et je ne ressentais plus rien. Ecrire ne me faisait plus le moindre effet. Alors, j'ai cherché un moyen de retrouver ce que j'avais perdu. J'ai recherché ma liberté.
— Comment tu as fait ?
— J'ai envoyé mes écrits à des ami(e) s, à la famille et à des gens conscients de ce que je vivais, afin de ne pas trop me dévoiler. Des gens qui avaient, de près, vécu les mêmes événements que moi. Ils lisaient et me faisaient des commentaires. J'ai tout de suite adoré.
— Alors, qu'est-ce que tu as fait ?

— Le lendemain soir, en rentrant du lycée, j'ai créé un espace en ligne qui m'était réservé et j'ai écrit sans m'arrêter. J'ai décrit ma vie même si ça permettait au lecteur de rentrer dans mon intimité.
— Tu t'es senti soutenu ?
— Oui, tout de suite. J'étais à un endroit où, à part moi, personne ne pouvait prendre de décision. En trois mots : j'étais chez moi.
— Alors tu as continué ?
— Oui. A partir de ce jour, chaque semaine, j'ai exposé mes impressions, mes coups de gueules, mes coups de cœurs…
— En somme, c'était un journal intime rendu public ?
— Oui, mais les premiers commentaires que j'ai eus à valider m'ont tout de suite poussé à continuer ce journal. Il y avait, sous ma première photo, dans chacune des impressions de mes visiteurs, ou dans leurs commentaires, comme un parfum de nostalgie…
— C'est-à-dire ?
— Mes ami(e) s me disaient qu'ils regrettaient les années que nous avions passées au collège, dans les centres de soins, ou encore en primaire…
— Et ça t'a motivé à continuer ?
— Oui. Grâce à ça, j'ai pu garder un support de ce que j'avais vécu dans ma vie et, surtout, j'ai pu ne pas oublier les gens qui m'avaient entouré.
— Quel genre de personnes te dépose des commentaires ?
— Toutes sortes de personnes. Parfois, j'ai à faire à des gens qui me disent qu'ils regrettent leur vie et que, s'ils avaient su, ils se seraient comportés bien différemment. Cela me désole.

— Pourquoi ?
— Je suis persuadé que l'on ne doit pas regretter son passé, ni nier ce que nous avons fait. Oublier ce que nous avons été avant d'être, c'est un manque total de cohérence.
— Et depuis ?
— Depuis, j'ai pris l'habitude quasi quotidienne de déposer quelques mots sur mon blog pour saluer ou remercier mes lecteurs. Et, désormais, je ne me vois plus vieillir sans y écrire.
— Finalement, ce blog a changé ta vie ?
— Oui. J'ai changé, j'ai mûri et j'ai pris conscience du prix de la vie.
— Ah bon ?
— Oui, il m'a prouvé que l'être humain n'était pas toujours égoïste. Il a embelli ma vie.
— Ah, mais c'est extraordinaire, ça !
— Oui, extraordinaire. Avec le blog, j'ai su définir le mot « bonheur », j'ai su aimer la vie. J'ai compris que la mucoviscidose m'avait offert le plus beau cadeau qui pouvait m'être destiné. En fait, ce blog m'a sauvé la vie.
— Comment ça, il t'a sauvé la vie ?
— Les lecteurs de mon blog déposaient leurs commentaires. Je répondais. Ils m'ont répondu. Certains m'ont écrit leur sympathie et leur espoir de me voir aller mieux, sinon guérir. D'autres en sont venus à me contacter et à me rencontrer.
— Un énorme tournant dans ta vie ?
— Enorme, oui. Depuis ma rencontre avec eux, j'ai compris que, même si je n'ai rien apporté à l'humanité, j'ai eu le don d'aimer, et la chance de l'être en retour. Il y a des choses que j'ai toujours cachées. Des projets, des

envies, des besoins, des pensées que j'ai toujours trouvé inutile de dévoiler. Mais, maintenant, je les partage. Bizarrement, je suis heureux quand je suis malheureux. Quand je suis allongé sur mon lit avec des idées moroses plein la tête, je me dis : « Oui j'ai été quelqu'un ».
— Ta vie en est plus simple ?
— Non, elle est bien plus compliquée, au contraire. Mais la difficulté n'a jamais rien enlevé à la beauté de ce que j'ai vécu. J'ai un côté « jeune adulte prêt à faire des conneries » dignes de son âge, mais j'ai aussi le côté « malade de la mucoviscidose » qui me fait savourer le simple fait de se lever de mon lit ou de partager des conversations sensées avec des êtres qui le sont tout autant.
— Le blog a donné un sens à ta vie, c'est ça ?
— Oui. Quand je me réveille le matin, je vois bien que la balance de mes humeurs n'est pas toujours évidente à équilibrer. Je suis libre de tout envoyer bouler ou pas. Mais, pour ne pas me mettre à dos mon entourage, je continue ma vie et choisis d'écrire.
— Qu'en pensent tes lecteurs ?
— Certains lecteurs disent recevoir des leçons de vie chaque fois qu'ils lisent les écrits d'un muco et ça me fait sourire. S'ils savaient à quel point mes écrits reflètent mon quotidien. Est-ce préserver mes lecteurs que de leur cacher bon nombre de mes difficultés ?
— Je ne sais pas.
— Ce que je sais, moi, c'est qu'un jour je serai mort. Et qu'ils réaliseront que ce que j'ai écrit avait un but, un sens. Que ce que je disais était vrai.
— Tu y penses souvent, à la mort ?
— Oui ! Il me reste combien de temps à vivre ? Six mois

? Un an ? Deux ans ? Le temps, franchement... Qu'importe le temps qui reste !!!
— C'est un lourd fardeau de vivre ça !
— En tous cas, c'est avec ça que je suis censé aborder la vie. C'est pénible d'être malade, mais ça l'est encore plus de redouter ma propre mort à seulement dix-huit ans et dix mois.
— Comment tu supportes ça ?
— Parfois je voudrais sortir et crier que je suis seul à comprendre l'envie de tout envoyer valdinguer. Se montrer, c'est un besoin commun. Se faire épauler, c'est un besoin humain. C'est aussi la meilleure façon de trouver un minimum de motivation. Ce que je désire aujourd'hui, c'est être un temps soit peu heureux.
— Je te le souhaite, Jérémy. Je te le souhaite.

Ecrire pour vivre. Vivre pour écrire.

En juin 2008, malgré des absences liées à des problèmes de santé, aussi bien physiques que psychologiques, j'ai obtenu le Baccalauréat avec mention « Assez Bien ».

— Super ! Félicitations !!!!!!
— Ouais. Merci. De quoi me donner un brin d'énergie pour le bel été qui s'annonçait. En juillet, j'ai passé un mois inoubliable avec des amies, dans la capitale. Il faisait un temps super. Nous avons visité tous les coins de Paname. Et j'étais super heureux d'être en vie. Puis Août est arrivé avec ses gros sabots de malheur. Et ça n'a pas été pas la même partie de plaisir.
— Qu'est-ce qui s'est passé ?
— Je suis entré dans une période définitivement difficile,

la déprime. Je peux vous dire que ça laisse des traces et pas des moindres. J'ai voulu en finir avec la vie. Quand je vais vous dire la raison pour laquelle j'ai voulu en terminer, vous allez me prendre pour un triste sentimental ou pour un fou. Moi-même, je m'en veux d'être à la fois capable de me battre comme un dément pour surpasser ma maladie et incapable de maîtriser de simples sentiments. J'étais follement amoureux. Cela ne m'est pas arrivé souvent d'aimer, mais, croyez-moi, quand cela m'arrive, c'est, de loin, très démesuré.

Et il a été impossible, cet amour ?
— Oui et ça m'a totalement démoli. Du coup, je ne me suis pas préoccupé de mon avenir. Je me suis retrouvé démuni début Septembre. Je n'avais rien à faire et n'étais inscrit dans aucun établissement. Je n'avais plus envie de rien. Je n'avais plus envie de me soigner, non plus. Alors, j'ai voulu en finir. Je me suis littéralement rendu malade. Je n'en suis pas fier. Le scénario aurait été très ironique.
— Oui, et horriblement cruel…
— En effet. Se battre pendant dix-huit ans contre la mucoviscidose, en souffrir physiquement et psychologiquement et puis, un jour, pour un chagrin d'amour trop lourd, mettre fin à ses jours ! Oui, horriblement cruel comme vous dites. Triste fin pour le combattant que je suis. Plusieurs fois, j'ai avalé des médicaments, non pas pour me soigner ou vivre, mais pour mourir.
— L'inverse de ton combat, en quelque sorte.
— Oui, et j'en ai avalé énormément. A tel point qu'aujourd'hui, quand je les avale, cette fois pour mon bien, je ne supporte plus leurs goûts. Ils me remontent à

la gorge. Le simple fait d'y repenser m'écœure. Je me suis autodétruit et cette année 2008 a été un triste gâchis.
— Comment tu as fini cette année 2008, alors ?
— En Septembre, toujours aussi affecté par ce chagrin, je me suis vite trouvé dépassé par le calendrier. La rentrée arrivée, je suis resté planté là où j'en étais, alors que trois mois auparavant, j'avais tout de même, quelques projets.
— Lesquels ?
— Le premier était d'intégrer une école d'ingénieur informatique. Et après avoir été convoqué, pour passer un oral d'anglais, principalement, l'école a accepté de m'intégrer. Mais ce fut impossible financièrement. D'ailleurs, au vu des frais de scolarités, je me demande comment ils font pour remplir leurs salles de classe.
Et le second ?
— Le second, était de passer un diplôme plus commun, un Brevet de Technicien Supérieur en Informatique. Mais je me suis dégonflé, parce que ce n'était pas ce que je voulais vraiment. Alors j'ai renoncé à cette idée.
— Tu en avais un troisième ?
— Oui, le troisième et dernier, c'était de trouver un petit boulot, dans lequel je pourrais exercer le métier que je souhaitais, c'est-à-dire quelque chose dans l'informatique. J'avais entamé des recherches. Mais, fatigué, usé même, là aussi, j'ai préféré attendre.
— Tu en es là aujourd'hui ?
— Oui, c'est toujours d'actualité. Mais après tout ces déboires, j'ai voulu profiter de ma vie. J'ai finalement fait de l'année scolaire 2008-2009 une année sabbatique.
— Sympathique, ça, non ?
— Oui, par certains côtés, c'est sympathique. Je ne sais pas pourquoi, mais j'ai toujours su que je la méritais.

Depuis toujours, je m'étais rendu à l'école et j'avais cumulé traitements lourds et scolarité. J'avais réussi à suivre le rythme de tout le monde et à ne jamais redoubler.
— Tu la méritais, cette année sabbatique, non ?
— Et comment ! Néanmoins, je remarque que moins j'en fais, et moins bien je me porte. D'abord il y a la santé, mais surtout le moral. Il n'est nul besoin d'avoir la mucoviscidose pour admettre que le moral est primordial pour tout le monde. La santé, elle, elle ne s'apprivoise pas. Tout le contraire du moral avec lequel on peut « jouer ».
— Exact.
— Il est vital pour tout être humain de sortir, voir des gens et de prendre l'air. L'école ne me laissait pas le choix. Je devais impérativement sortir de chez moi, me lever tôt et me coucher en conséquence. Aujourd'hui, mon rythme est légèrement décalé. J'ai pris de mauvaises habitudes et je n'ai absolument plus envie de me relancer dans quelque chose. Pourtant, il le faudrait. Je suis prêt à relever le défi, mais pas tout de suite.
— Ecrire pour ton blog continue à te faire plaisir ?
— Oui. En plus, avec mon blog, j'ai lié beaucoup d'amitiés. J'ai connu des dizaines de gens de France, de Suisse et de Belgique.

Deuxième partie :

De la parole à l'écriture.

Internet.

je m'ennuie ce soir…

Tiens j'ai une petite idée bien dégueu…
Je vais rendre une petite visite
à ma marionnette préférée…
Oh, mais ça dort, là !
Oui, normal…
C'est la nuit…
Enfin, anormalement normal,
quand même hein…
C'est vrai qu'à cette heure-ci de la nuit,
mes pantins,
ils sont couchés, branchés,
reliés à leurs tuyaux, leurs sondes
ou à leur oxygène.
Et même plus, ils rêvent d'une vie meilleure.
Une vie dans laquelle je n'existerai pas.
Ah, je me marre !
Ils rêvent !
Les fous !!!
Ils rêvent !!!!!

Dimanche 17 août 2008
Coincé à la case « souffrance »

Je sais bien que le plus dur est de se morfondre. Je crois n'avoir jamais rien dit d'aussi vrai. Cependant, j'ai parfois la vague impression de connaître pire. Actuellement, par exemple, je pense que le plus fatiguant c'est, non pas de se morfondre, mais de voir son corps qui n'est plus capable de suivre. Si je le pouvais, j'irais escalader des montagnes, mais mon poumon gauche me l'interdit. Lorsque je tousse, je dégage le mucus qui obstrue mes fonctions respiratoires. Certes, je me muscle les abdos, mais je me fatigue aussi, au point de me laisser tomber dans un lit, ou de m'asseoir sur tout ce qui a quatre pieds et parfois moins. Je lutte pour appuyer sur les touches du clavier de mon ordinateur en même temps que de réprime une quinte de toux. J'ai décidé de plus me soigner. Je ne veux plus lutter. L'ennui, c'est que je ne veux pas non plus souffrir.
C'est le tout début de l'après-midi et je n'ai toujours pas ouvert mes volets. Je n'ai rien mangé. Je n'ai bu qu'un verre de jus de fruit tropical. Je sors de la salle de bains où j'ai enfilé un T-shirt blanc et un pantalon de jogging rouge. Je ne suis toujours pas descendu au rez-de-chaussée de la maison. D'ailleurs, je ne me suis ni coiffé ni rasé. Tout ça, ce sont des détails. Pourtant, parfois, je suis capable de passer une heure dans la salle de bains à me pomponner tel une gamine de douze ans. Je ne me maquille pas, je me mets du gel. Cela me permet d'avoir un épi sur la tête, histoire de jouer à ressembler à un épouvantail le reste de la journée. J'hésite à partir rejoindre des amis demain. Quitter mon « chez moi » est

devenu de plus en plus laborieux, même pour retrouver des amis chers à mon cœur. Bien sûr, ce serait un bienfait moral réel, mais physiquement, je ne suis pas certain que ce serait une bonne chose. Je crois que, pour ma santé, le mieux serait de rester cloîtré entre les quatre murs d'une chambre d'hôpital. Il y aurait suffisamment de tuyaux performants pour m'aider à ne plus m'époumoner comme un phtisique. Je n'en peux plus. Mes nuits font approximativement dix heures. J'ai dormi plus de vingt heures durant la journée de samedi. Et voilà qu'apparaît un mal de ventre. Le plus démoralisant, c'est de me dire que je risque de passer les quinze derniers jours de vacances en cure et qu'en Septembre, joyeusement, on réclamera un Jérémy super opérationnel, comme tous les autres garçons de son âge. Si je rentre à l'hôpital, je ne sais pas quand j'en sortirai. Je ne sais pas, non plus, si j'aurai des permissions. Aujourd'hui, je suis fatigué, à bout de souffle et à bout de nerfs. Je suis littéralement crevé, mort. Mais la mucoviscidose est une maladie perverse. Il se peut que demain je sois en forme, et que je refuse cette cure. Pourtant, cela ne peut pas me faire de mal. Bref, l'avenir nous le dira.
Il est quatre heures du matin et je n'arrive plus à dormir depuis deux heures. Collé à mon téléphone, je me connecte sur la plateforme de mon blog pour laisser parler mon cœur. On se raccroche à ce qu'on peut. De nouveau au lit, sur mon téléphone dernier cri, je découvre des messages avec joie. J'ai froid et chaud à la fois. J'ai soif, mais le soda me répugne. Je suis descendu trois fois en deux heures. Une fois pour un soda que je n'ai pas bu, une fois pour uriner et regarder dans le frigidaire s'il y avait encore du jus de fruit tropical, et une dernière fois

pour aller chercher une bouteille d'eau de source. Je lui trouve un goût désagréable à cette heure-ci de la nuit. Moi, habituellement abonné au soda et ne buvant jamais d'eau, je suis dépassé par les événements. Je redémarre l'ordinateur et me promène sur cette planète virtuelle. Je suis trop faible. Je retourne vite au chaud et au froid de mon lit. Là, je mets toute mon attention sur mes poumons, pour ne pas partir en quintes de toux à chaque chatouillement du mucus. C'est un des savoirs faire des malades de la mucoviscidose. Nous devons savoir gérer nos expectorations et maîtriser avec perfection notre appareil respiratoire. Il faut savoir titiller le mucus, sans l'évacuer trop tôt, afin d'en rassembler le maximum. C'est particulièrement difficile quand on en a plein les poumons. Cette technique est aussi une façon de se drainer seul.

Il est six heures trente du matin, et je n'ai redormi qu'une heure depuis tout à l'heure. Je ne sais pas quoi faire. Bon. Décision. Demain, j'appellerai l'hôpital dans la journée, pour demander une hospitalisation, et ce, le plus vite possible. Mais, lorsque l'on me demandera ce que j'ai, que vais-je dire ? Comme d'habitude. De toute façon, ils ont coutume de recevoir des mucos qui ont besoin de se reposer mentalement. Bizarrement, je ne suis pas sûr que tout cela s'arrête un jour. Je ne suis pas vraiment certain d'être fatigué physiquement. Le cent mètres, je suis incapable de le courir, c'est évident. Mais pourquoi pas cinquante ? Et pourquoi pas se surpasser en descendant les escaliers, puis en les remontant, et cela deux fois de suite, histoire de m'entraîner ? J'écoute une chanson d'amour. Forcément, ça n'arrange pas mon cas. Désespéré, mon cas ? Je ne sais pas, mais, c'est un tourment pour moi de me voir en si piteux état. De voir mon lit qui n'est pas fait. De me voir toujours en pantalon de jogging. De ne pas toucher à la canette de soda qui est sur mon bureau. De réveiller ma mère toutes les deux heures parce que j'ai une quinte de toux dans l'escalier. Je m'en veux de me montrer si faible. Je ne suis pas de ceux qui veulent se mettre en valeur, mais il y a des côtés de ma maladie que je n'aurai pas voulu montrer. Quand je pense à Johann Heuchel, dont je recommande le livre à tous ceux qui veulent me comprendre, je me dis que je ne dois pas cacher ce que je vis. Je suis loin d'être dans son cas, physiquement comme mentalement. Son mental était plus fort. Mais, physiquement, le pauvre, il ne pouvait plus survivre. Il n'y a pas de doutes, ces enfants souffrant de la mucoviscidose sont différents. Je ne devrais pas y penser, mais pourtant je le fais. Cette nuit pendant mes longues heures de veille forcée, je me suis demandé comment je ferais sans les nombreux lecteurs de mon simple blog. Bien sûr, je ne peux pas m'empêcher de penser « Je ne pourrais pas ». Bien que je sois en total désaccord avec cette phrase, je me demande quand même comment je ferais pour traverser ce jeu de l'oie infernal qu'est la vie d'un muco, avec la case souffrance dans laquelle on tombe à tout moment. Si ça se trouve, ce serait plus simple de s'autoriser à ne pas lutter ou d'accepter de ne plus pouvoir avancer. Dire non. Tout simplement. Aucun attachement, aucune contrainte. Mais je passerais à côté d'une leçon d'humanité. Pendant ces longues heures, j'ai aussi pensé aux gens que j'ai perdu, des gens qui étaient entrés corps et âme dans le combat lourd et prenant que je mène contre la mucoviscidose. Parfois les gens pensent qu'ils peuvent me soulager de mes douleurs en un coup de baguette. Malheureusement pour eux, et pour moi, ce n'est pas si simple. J'ai des doutes sur l'état dans lequel je ressortirai de ce combat. Je ne pense plus qu'à ça, lorsque je ne pense pas au prénom de celle que j'aime. C'est dire la détresse dans laquelle je me trouve.

23 août 2008
Entre chienne de vie et louve de mort.

Dix ans, ça fait dix ans que la balance, inventée par Roberval et perfectionnée par Lavoisier, symbolise mon existence. Mon moral, balançant comme un fou, agite les plateaux de ma vie. Ils oscillent entre les hauts et les bas de mon destin, entre espoir et désespoir, entre chien et loup. Entre chienne de vie et louve de mort. D'une minute à l'autre, ou plutôt d'une seconde à l'autre, mes besoins ou mes envies peuvent tourner au cauchemar. Je suis sûrement le seul à pouvoir faire quelque chose contre ça. Et j'espère d'ailleurs qu'un jour j'arriverai enfin à équilibrer et maîtriser ce moral. Il se retrouve trop souvent dans le rouge sang dangereux du découragement. Même si ceux que j'aime n'arrivent pas à décrocher les étoiles de leurs rêves, je serai toujours prêt à les aider à essayer. En même temps, rien ni personne ne peut déjouer mes idées morbides. Et pourtant, c'est grâce aux autres que je ne me limite qu'aux idées. En tout cas, je ne passe pas à l'acte d'en finir avec la vie, puisque je suis encore vivant. Tout a été chamboulé par le décès de mon père. S'il était là aujourd'hui, je pourrais être un jeune homme insouciant, léger, pour qui le mot « amoureux » ne veut pas dire grand-chose. Je pourrais ne rien connaître de la vie, et compter sur des êtres plus vieux que moi. Ils feraient de ma vie, sinon « un chemin de roses », du moins une belle ballade pas trop difficile à vivre. Aujourd'hui, je suis seul à affronter le désarroi de ce jour cruel où l'amour m'a été refusé. Même les gens que j'aime me font parfois du tort. Alors, seul ? Oui, seul. Seul. Seul.

De toute façon, quand je suis démoralisé, il vaut mieux me laisser seul avec mes questions. Que je le veuille ou non, elles me taraudent le cœur. Il vaut mieux ne pas s'inquiéter pour moi. Surtout pas. Chacun son chemin. Chacun ses roses. Chacun ses pétales. Chacun ses épines. Si je veux me tirer deux balles dans le cœur, pour qu'enfin il arrête de battre, qu'est ce que ça change ? Finalement, si je coule, il vaut mieux me laisser couler. On verra bien si je remonte à la surface avec ou sans mes propres réponses.
Pour l'instant, la réalité c'est que mardi prochain, je serai peut-être en cure. Une cure, c'est difficile à vivre, mais en quinze ans, j'ai appris à m'y faire. Dans quinze jours, je serai de nouveau devant mon ordinateur en train d'écrire que la cure est terminée. Plus j'avance et plus je m'aperçois que je suis bien plus souvent malheureux qu'heureux. Parfois, je regrette la popularité que j'ai acquise par mon blog. Je passe par des moments où je suis vraiment, mais vraiment, mal en point. Dans ces moments-là, je n'ai besoin que de moi. Il y a plusieurs lecteurs, bien sûr, qui veulent me sortir prématurément de ces opportunités de remises en question. Il ne vaut mieux pas, au fond. C'est curieux, mais je crois que je dois impérativement passer par là, en fait, pour me réveiller plus serein. Je ne craque pas. La preuve, je suis toujours là. Avec deux mains, deux pieds, deux yeux. Mais un cœur qui saigne. Les personnes, qui m'ont gentiment reçu chez eux la semaine passée, m'ont fait un bien fou. Aujourd'hui, arrivera ce qui doit arriver. J'ai pu leur parler de choses qui me sont importantes. J'ai pu me reposer et mettre quelques idées de côté. Alors, pourquoi tant d'inquiétude ? J'ai de toute façon toujours pensé que

notre destin était écrit. Chez moi, il y a le Jérémy qui est capable de s'amuser, de blaguer, de lancer des piques, de râler, d'aller jusqu'à devenir insupportable, mais il y a aussi le Jérémy qui voit au-delà du présent. Il y a aussi le Jérémy capable de philosopher, somme toute, sur des sujets particulièrement sensés mais qui, lors d'une conversation ou d'une sortie, s'arrête, regarde les autres et se dit : « Mais quand je ne serai plus là, que se passera-t-il ? Comment seront-ils ? Ne t'attache pas ! »
Je viens de trouver pourquoi je suis si souvent triste. Je suis tout simplement un taré de sentimental. De simples gestes, de simples mots peuvent suffirent à gâcher ma soirée ou à l'illuminer. Je suis un gars qui pense, mais qui fonce vers le bonheur, sans jamais regarder derrière. Celui-ci ne me provoque absolument pas de questionnements. Pour cela, il me suffit d'arrêter de farfouiller dans mes idées noires. Ne pas penser. Ne pas penser. Surtout ne pas penser.

Je m'ennuie ce soir…

Tiens j'ai une petite idée bien dégueu…
Je vais rendre une petite visite
à ma marionnette préférée…
Oh, mais ça dort, là !
Oui, normal…
C'est la nuit…
Enfin, anormalement normal,
quand même hein…
C'est vrai qu'à cette heure-ci de la nuit,
mes pantins,
ils sont couchés, branchés,
reliés à leurs tuyaux, leurs sondes
ou à leur oxygène.
Et même plus, ils rêvent d'une vie meilleure.
Une vie dans laquelle je n'existerai pas.
Ah, je me marre !
Ils rêvent !
Les fous !!!
Ils rêvent !!!!!

Alors, Jérémy,
pas sommeil, mmm ?
En ce moment, Jérémy,
je te fais douter.
Ben oui, pauvre guignol que tu es,
tu te poses trop de questions…
Et tu me donnes bien trop grand intérêt.
Oui bien sûr, bien sûr,
il y a de quoi…
Je n'en suis pas peu fière, au fond…
Bon allez,
trêve de méchancetés.
Malgré le bonheur
que me procure
ton malheur,
Figure-toi
que je viens ici te conseiller
de m'oublier.
De me ranger dans la case « difficulté »
et de continuer à ramer,
et ceci
dans le seul but d'avancer.

14 septembre 2008
Seul, on est toujours seul, au bout du compte.

Avec la mucoviscidose, il n'y a pas de moments partagés. Il n'y a pas de moments où, quand on pense à elle, on se sent entouré. Au mieux, il n'y a que des moments où on l'oublie. Quand un muco pense « souffrance », « mort » ou « mucoviscidose », il est dans un monde à part. Dans ces moments-là, rien ni personne n'est susceptible de dédramatiser la situation ou de blanchir ses idées noires. La mucoviscidose va me terrasser. Il est impossible de l'arrêter. Elle est sans pitié. Elle n'est pas capable de se montrer autrement. Voilà mes pensées. Voilà ma vérité. Vous parlez d'un viatique. Connaître l'issue mais pas la date fatidique est particulièrement invivable. La conséquence de ce fait, c'est qu'un muco ne se fixe pas de limites. Il ne comprend pas toujours les indemnes qui, eux, finalement, ont des besoins différents. J'ai envie de leur crier « Mais allez, repoussez vos limites ! Vous êtes indemne ? Alors, vivez, bon sang ! Vivez à fond ! Vivez à deux cents pour cent, s'il le faut ! Vous êtes malade ? Balayez tous vos traitements ! Faites tourner la tête à votre vie ! Qu'elle perde la boule, une bonne fois pour toutes ! ». Peu importe ce qu'on me dira. Je ne crois pas en ce que l'on m'enseigne. Je suis le seul instigateur de ma vie et, jusque-là, ça roule plutôt pas mal pour moi. On est tous différents, mais il y a des personnes plus dignes d'intérêt que d'autres. En tout cas, j'aimerais bien en être une.

Cela dit, une fois que j'ai bien plaisanté sur les gens intéressants ou pas, j'aimerais bien qu'on me laisse pleurer dans mon coin. Je pense à Coralie, qui est partie.

Elle m'avait écrit un commentaire sur mon blog : « Oh, mais je me reconnais dans cet article ! Ne sois pas triste, Jérémy, c'est la vie. Elle est trop précieuse. Je te promets de m'en sortir !!! Gros Bisous et bon courage. » C'était sympathique. Ma faiblesse et ma naïveté passées me surprendront toujours. Aujourd'hui, je connais le prix de l'existence et pour rien au monde je ne laisserais mes ami(e)s souffrir par écran interposé. Une fois de plus, la vie m'a retiré une personne que j'aimais. Coralie était une fille en or. Je regrette de l'avoir perdue de vue quelque temps. J'aurais dû être plus présent quand elle en avait besoin. Je ne sais pas si beaucoup de garçons de dix-huit ans connaissent l'expérience de regretter des ami(e) s parti(e) s à jamais. Souvent, dix-huit ans, c'est l'âge des bêtises et celui où les éventuels jeux de flirt se transforment en des relations plus sérieuses. Pour moi, dix-huit ans, c'est l'âge où je pleure des ami(e) s parti(e) s définitivement pour l'au-delà. Quand je l'ai connue, Coralie irradiait d'une joie de vivre incroyable. Mais très vite, sa joie phénoménale s'est transformée en crainte atterrante. Elle craignait de ne pas passer l'hiver, de ne pas réussir ses études. Deux mois avant son décès, elle a réussi l'épreuve du Baccalauréat avec mention. On est totalement seul devant ses souffrances, tout comme on l'est devant les souffrances des autres. Coralie me manque. Marielle me manque. Trop d'ami(e) s me manquent.

Le monde de la mucoviscidose est un petit monde. C'est une famille. Même dans la rue, on se reconnaît. A l'hôpital, parfois, un petit me regarde la bouche grande ouverte. Il comprend que je suis l'un de ces rescapés dont on lui parle. Je regarde le gamin avec un petit sourire

empli de compassion, d'amour et de courage souhaité. Je me dis « Bonne chance, petit gars » et lui envoie ma pensée du plus fort que je peux. Je vois son pansement sur la main ou sur le pli du coude. Je sais qu'il est trop jeune pour avoir reçu le Port-à-Cath. Le pauvre, s'il savait.
Heureusement qu'il y a notre équipe médicale ! C'est fou ce que je l'aime, cette équipe médicale ! Dans les couloirs de l'hôpital, j'oublie le masque, parfois volontairement. Tout à coup, une voix féminine de la chambre d'à côté me dit « Jérémy ton masque ! ». Et ce Professeur Turck, toujours fidèle à lui-même, qui passe me voir dans ma chambre. De quelle humanité il est fait ! Je le regarde de mes yeux admiratifs. L'air de rien, il me demande comment je vais, alors qu'il a probablement déjà compris dans quel état je suis. C'est sa manière à lui de nous faire nous rencontrer sur le chemin de la confiance. Devant un tel homme, ma voix tremblotante répond que « ça va ». Puis vient la kiné. Elle aussi me connaît depuis tout petit, tout comme l'infirmière coordinatrice. Elles font un boulot incroyable, mais surtout, elles sont formidables. Elles font preuve d'une bienveillance si rare. Pour rien au monde j'échangerais mon corps contre celui d'un autre. Grâce à lui, j'ai l'impression d'avoir une famille agrandie, attachante et chaleureuse. Pourtant, parfois, j'ai du mal. Je voudrais en finir pour retrouver mes ami(e)s parti(e)s définitivement. Tracassé, fatigué, épuisé, je veux arrêter de souffrir. De toute façon, l'issue ne peut être différente de celle que je redoute si fortement. Physiquement, je ne suis pas prêt à supporter plus que je n'ai déjà supporté. Nous, les mucos, endurons tout au long de notre vie une souffrance morale

et physique. Et, en plus de ces souffrances, nous redoutons le futur. Le seul qui nous est promis est encore fait de souffrance, comme celle d'un arrêt cardiaque, ou d'un manque d'oxygène. De toute façon, je finirai, comme tout muco, sur un lit d'hôpital, entouré des êtres que j'aime. Mais peut-être qu'avant, je serai assez fort pour accepter une greffe. Et, une fois acceptée, j'espère que je pourrai au moins me battre pour survivre, car il n'y a rien de plus épuisant, physiquement. N'empêche que la réalité, c'est qu'un jour, c'est sûr, je m'éteindrai. Quand ? Comment ? Je ne sais pas. Et pourquoi moi ? Je ne sais pas. Tout ce que je sais, c'est que, sans cette mucoviscidose, bizarrement, je n'aurais pas été « satisfait » de moi. Si je n'avais pas connu cette vie, j'aurais été peut-être l'un de ces petits cons imbus d'eux-mêmes qui ne savent rien de la vie mais qui croient tout en savoir.

A quoi bon naître avec la mucoviscidose ? A apprendre à renoncer ? J'ai appris à renoncer à bon nombre de projets. Une famille ? J'ai oublié. Une femme ? Il ne saurait en être autrement. J'aime bien trop sa douceur, pour imaginer vivre sans elle. Un boulot ? Je me pose bon nombre de questions à ce sujet. Une voiture ? Pourquoi pas deux, pendant qu'on rêve. Si la mucoviscidose n'est pas une des maladies les plus dures, moralement parlant, alors je me mets à genoux devant tous ceux qui souffrent d'autre chose. Je souhaite en tout cas bonne chance à tous ceux qui souffrent et qui me lisent. Pour tenir debout, il faut donner de soi l'image de quelqu'un de fort, moralement. Quand je tombe et que je me relève, cela fait de moi quelqu'un de bien plus puissant que quiconque. Qu'importent les difficultés. Il faut les repousser. Même si la vie est cruelle. Elle l'est beaucoup trop, puisqu'elle nous retire les êtres qu'on aime avant même qu'on y soit prêt psychologiquement. Mais est-on jamais prêt ? La vie ne nous laisse aucun répit, alors, ne lui en laissons pas non plus. A toutes les personnes atteintes de mucoviscidose qui me lisent, qu'ils sachent que ce livre, bien évidement et en premier lieu, s'adresse à eux. Qu'ils sachent que les moments de détresse, de haine et d'amour qu'ils vivent sont d'une force rare. Qu'ils sachent que je connais, tout comme eux, la solitude et l'impuissance. Souvent, il me vient une envie de me bousiller pour arrêter cette maladie qui me ronge. Mais la mucoviscidose fait à jamais partie de moi. Je ne connaîtrai jamais la vie sans elle. C'est la réalité. Quand j'étais plus jeune et que je regardais mon père, je me disais que, plus tard, je deviendrai vraisemblablement comme lui. J'admirais cet homme. Mais très vite, j'ai compris que la vie qui m'attendait n'était pas la même. Je suis né pour souffrir bien plus que tout le monde, et mourir bien plus vite que tout le monde. Alors, les projets, c'est terminé. Je sais bien que devant Coralie et Marielle, je ne suis plus rien. Ces anges étaient d'une force rare et incroyable, et malheureusement elles nous ont quittés. Pourtant, elles se sont toujours soignées. Alors, les projets, c'est terminé. Je refuse de me plier à un seul de ces aérosols. Le plus dur de ma vie reste à venir. Je sais qu'un jour, j'aménagerai en bas de ma maison parce que je ne pourrais plus monter les escaliers. Alors, les projets, c'est terminé. Un jour, l'hôpital sera devenu ma résidence secondaire. Alors, les projets, c'est terminé. Un jour, j'écrirai ici avec un masque sur le visage. Alors, les projets, c'est terminé. Un jour, je vous dirai que je veux mourir. Alors, les projets, c'est terminé. Un jour, la muco aura ma peau. Alors, les projets, c'est terminé. En attendant, Coralie, et Marielle, à bientôt.

30 septembre 2008
Méditations.

Depuis quelque temps, j'ai peur que les gens s'attachent trop à moi. Je trouve qu'ils me confondent avec mon combat à cœur ouvert contre ce mal incarné qu'est le cauchemar de ma vie bouffée par cette saleté de mucoviscidose. D'un côté, j'apprends à gérer mes soucis, mais de l'autre, je ne sais toujours pas gérer mes relations avec les autres. Je pense que ce serait une grande erreur d'idéaliser ma personne. Je parais fort et courageux parfois, mais j'ai peur de décevoir pas mal de personnes et à bon nombre de reprises. Suis-je pour autant quelqu'un de froid, franc et particulièrement intransigeant ? Je ne crois pas. Je ne suis qu'un malade qui pense. C'est l'excuse de mon entêtement, s'il devait y en avoir une. Hélas, je ne suis pas parfait, et je suis même loin de la perfection. A vrai dire, même, je la trouve repoussante, moi, la perfection.

En ce moment, mon moral n'est pas très haut. Franchement très bas. Je le sais. Je le sens. Le quotidien me lasse et je suis las de la vie. D'un côté, j'aimerais que la recherche fasse vite et que, enfin, elle trouve la solution miracle. D'un autre côté, je ne lutte pas tellement pour conserver du mieux que je peux mes capacités vitales. C'est contradictoire aux yeux de beaucoup, mais la vie est contradictoire. C'est la vie, au final qui est le problème, vous voyez ! Ah, non ? Vous ne voyez pas ? C'est vrai, on n'est pas dans le même sac, vous et moi. Entre vous et moi, il y a la mort. Vous, vous vous baladez dans la vie comme si elle était éternelle. Moi, je vis avec la mort aux trousses. Il y a des jours où

elle a l'air plutôt pressée même, je trouve.
Je suis un protestataire né, mais je ne suis pas sans cœur. Je crois, bien au contraire, que j'ai trop de cœur. Avec mes larmes pour preuves. Je pleure. Je pleure seul. Je pleure de peur. Mes coups de gueules me font souvent culpabiliser. Mais la maladie me rappelle que c'est sans doute la vie qui est la moins tolérante à mon égard. Si j'exigeais d'elle autant que ce qu'elle exige de moi, je serais loin de toute cette confusion qui me tient devant ce clavier d'ordinateur. Je serais loin, également, de connaître aussi bien mes réactions face cette vie si hostile qui est la mienne. Cette vie ne continue que parce que je proteste pour la conserver, justement. Ma furieuse contestation me maintient debout. L'être humain à besoin d'un but pour continuer à vivre. Moi, j'ai besoin de finalité palpable et d'un support concret pour faire de mon existence le plus beau des combats. Il me faut une vie particulièrement motivante. Voilà, entre autre, pourquoi je ne fais pas mes aérosols.
Si vous saviez ce que je porte en mon cœur ! Il pue l'amour d'ici-bas. Mais, même si j'aime démesurément ceux qui m'entourent, cela ne me retiendra jamais. La mucoviscidose est difficile à gérer. La vie est difficile à gérer. Aucune amitié n'est susceptible de me donner l'envie de me battre. Les gens que j'aime, je les aimerai partout et toujours. Ils sont là, si nombreux derrière moi. Mais j'ai besoin de ma vie à moi. Parfois, je me prends à penser que ce serait peut-être classieux de savoir dire au revoir aux êtres qu'on aime pour se libérer d'un poids porté depuis trop longtemps. J'admire ces gens capables de dire « j'arrête ». Oui, j'admire ces gens qui ont le courage d'abandonner les êtres qu'ils aiment, afin de

pouvoir souffler. En ce moment je suis en chute libre. J'ai besoin de méditer, de me concentrer sur les points forts et les points faibles de ma vie. Il n'y a que moi seul qui puisse remonter la pente, même si elle est raide, que ça prend du temps, que c'est fatiguant et que la santé diminue. C'est dur les amis, c'est dur ! Vous ne vous rendez vraiment pas compte de ce que c'est de respirer « en avance rapide » ! Vous ne savez pas ! Et la peur ? Savez-vous ce que c'est, la peur ? Je ne parle pas de la peur de ne pas plaire, ni de la peur de ne pas réussir, pas même celle du lendemain. Je parle de la peur viscérale de souffrir, la peur de me perdre dans les sombres couloirs, la peur de mourir…

La vie ne se résume pas à « métro-boulot-dodo ». La vie, c'est la mort. Et l'on ne vit bien que si l'on est conscient que l'on peut mourir à tout moment. Si l'on ne meurt pas dans notre tête, alors on n'y vivra jamais. Vous me lisez. Vous me comprenez. Vous interprétez. Vous ne me comprenez pas. Jugez si vous le voulez, mais je ne pense pas me tromper sur ce sujet. Si mon point de vue n'est pas le bon pour vous, il l'est pour moi. Mes argumentations sont lourdes de ce que je vis. Je médite. Je ne compte plus les heures que je passe à cogiter. Je suis incapable de profiter des bons moments, tellement je pense… Je pense à tout moment… Estimez-vous que si je dis que j'ai peur, cela fait de moi quelqu'un de faible ? Croyez-vous être capable de supporter ce triple poids qu'est ce passé douloureux, ce présent militant, et cet éventuel futur ? Eventuel, c'est le mot, croyez-moi. Incertain ? Contingent ! Problématique ? Oui ! Entièrement indéterminé. Douteux ? Bien trop aléatoire. Hypothétique ? Oui ! Plus conditionnel que ça, tu meurs.

Si j'écris des pages aussi longues et si chargées d'interrogations, c'est qu'inlassablement, je me torture l'esprit. Au milieu de mes idées noires interminables, j'ai souvent besoin de me cacher pour ces mêmes raisons. Je me dissimule pour camoufler subrepticement les plaies que je gratte. Chacun sa pudeur. La mienne, c'est le rire. Je ris pour ne pas pleurer. Alors, pourquoi pas pleurer pour ne pas rire ? Moi, je fais les deux. L'un caché, l'autre aussi. Ça se devine à ma voix. La souffrance ça ne se voit pas, mais ça s'entend. Ma vie est tuante, très exactement tuante, mais je peux toujours en rire. On peut rire de tout. D'ailleurs, la faiblesse humaine ne naît-elle pas de l'humain qui ne sait pas rire de sa douleur ? Allez ! Allez ! Entraînons-nous à rire ! Non pas pour oublier, mais pour aimer. On est fait de ce qui nous contient. Inutile de se voiler la face ou de s'illusionner. Certains jours je me dis qu'il faut se battre et ne rien lâcher. D'autres, au contraire, je me dis qu'il faut laisser filer, se reposer, lâcher tout. Et chapeau bas à ceux qui quittent la servitude de la douleur et son combat de titan. Je suis persuadé qu'il est plus pénible de se laisser aller que de se battre. C'est tellement épuisant de passer son temps à se morfondre. Parce que c'est pesant de vivre dans la mort. Parce que c'est accablant de compter ses heures. Parce que c'est écrasant de songer à disparaître. Et encore plus tuant de le faire. Se battre, c'est simple, si notre entourage nous en donne l'envie. Il se bat plus que nous. Pour eux, parfois, grâce à leurs clins d'œil, leurs écrits ou leurs sourires, j'ai envie de me battre.

Ami lecteur, vous devez avoir l'impression de lire le vieux livre d'un mourant, ou de visionner un ancien film crachotant l'histoire d'un moribond qui se morfond en attendant sa mort prochaine. Effectivement. C'est vraiment très similaire. Mais ce n'est pas moi qui m'inspire du scénario. C'est le scénario qui s'inspire réellement de la vie de l'être en danger de mort imminente que je suis. Alors, ne vous plaignez pas. Cela pourrait être pire.

Alors, Jérémy,
pas sommeil, mmm ?
En ce moment, Jérémy,
je te fais douter.
Ben oui, pauvre guignol que tu es,
tu te poses trop de questions…
Et tu me donnes bien trop grand intérêt.
Oui bien sûr, bien sûr,
il y a de quoi…
Je n’en suis pas peu fière, au fond…
Bon allez,
trêve de méchancetés.
Malgré le bonheur
que me procure
ton malheur,
Figure-toi
que je viens ici te conseiller
de m’oublier.
De me ranger dans la case « difficulté »
et de continuer à ramer,
et ceci
dans le seul but d’avancer.

Fais pas cette tête, quoi !
Nous deux,
c'est une très longue histoire.
On a été d'abord très liés, souviens-toi…
Et pofff !!!
Des gens se sont mis entre nous, ! Je t'avoue que je ne pensais pas
qu'ils réussiraient à ce point !
Ils m'ont accusée
d'être responsable de tes craintes,
et toi, plus con encore,
tu les as crus.
Mais, j'ai plus d'un sale tour dans mon sac, mon gaillard,
qu'est-ce que tu crois ?

13 octobre 2008
Dans cette boue suffocante qui, un jour, m'empêchera définitivement de respirer.

Plus j'avance dans le temps et moins j'ai envie d'avancer. Aujourd'hui, je suis tombé sur un tableau indiquant l'âge moyen des décès des malades de la mucoviscidose. Une fois de plus, ce n'était pas particulièrement rassurant, mais je me suis fait une raison. De toute façon, je n'ai pas envie de vivre plus longtemps que la moyenne indiquée. N'y voyez ni une envie de suicide ni même un découragement. Voyez plutôt une simple reconnaissance des événements positifs ou négatifs de ma vie. Ils m'ont fait devenir ce que je suis aujourd'hui. Quelqu'un d'intéressant. Enfin, je le crois et je l'espère. En tout état de cause, cela me suffit grandement.

J'essaye de me persuader qu'une fois les objectifs atteints, il reste des choses à découvrir et à apprendre. Et apprendre est un grand mot. C'est sûrement l'un des plus grands de tous. On dit qu'il y a toujours quelque chose à apprendre de la vie. Certes, on apprend des choses matérielles, une somme de savoirs, mais, en revanche, la connaissance de celle-ci est particulièrement limitée. Je ne sais pas si mes diverses définitions de la vie sont les bonnes, mais je sais qu'il est difficile de me convaincre du contraire. L'expérience de ma vie est faite de beaucoup trop d'épreuves qui sont indiscutables. Le jour où je suis né, j'ai appris à n'être retenu en vie que par ma maladie. Il n'y a qu'elle aujourd'hui qui me tient et me tiendra toujours d'aplomb. Qu'elle soit déstabilisante ou méprisante, peu m'importe, je n'écoute qu'elle. Parfois, et même souvent, je prie pour que mes jours raccourcissent et pour que ma vie soit encore plus insupportable qu'elle ne l'a déjà été. Il m'arrive de vouloir véritablement disparaître. Me volatiliser définitivement. Ma maladie n'est pas difficile à supporter en ce moment, mais les gens qui se prennent pour des mentors, eux, le sont. N'importe qui peut me juger ou me dire comment je suis censé gérer ma vie. Mais j'aimerais beaucoup les y voir, eux, les donneurs de leçons. J'aimerais bien voir ces conseilleurs de tout poil patauger dans cette vie qui est la mienne et dans cette boue suffocante qui, un jour, m'empêchera définitivement de respirer. Tousserait bien qui tousserait le dernier !

Etre un muco qui s'en sort à merveille après chaque surinfection est ma plus grande source de frustration. Je ne supporte pas de me sentir en forme, alors que des enfants meurent. Eux, ils auraient certainement voulu rester sur terre plus longtemps. Moi, je suis toujours là, alors que je me souhaite le pire à longueur de temps et que je ne me fixe pas de projets, par peur de ne pas pouvoir les réaliser. J'ai honte d'être toujours là. Cela peut paraître égoïste, mais je me moque totalement de savoir que des gens seraient attristés de me voir partir. Que l'on m'aime là où je suis, dans cette vie d'essoufflement permanent, m'indiffère parfaitement. Je sais que je souffre de la culpabilité du survivant, mais j'ai envie de changer de vie, parce que la mienne ne me plaît guère. Je me sens bien comme je suis, mais cette vie m'ennuie profondément. Vraiment, je peux dire que le jour où mon heure aura sonné, je ne regretterai rien. Qu'on le comprenne ou pas, ces mots viennent du cœur et ils n'ont aucune signification particulière pour les gens qui m'entourent, m'aiment ou me lisent. J'ai eu de beaux moments à vivre. J'ai des souvenirs plein la tête. L'amour sur cette terre existe. Mais, hélas, nous ne lui donnons pas toutes les chances de s'épanouir. Et nous ne lui abandonnons pas tout le contrôle de notre vie, non plus. C'est bien dommage. Je n'aime pas être morbide. J'ai toujours peur de donner une mauvaise image de moi. Je pense être un bon vivant, même si parfois j'ai envie de mourir, mais j'ai dans le cœur presque autant de gens là-haut qu'ici-bas. Ils ne sont pas n'importe qui pour moi. Je n'ai jamais vraiment fréquenté la mort de près, mais j'ai parlé à des enfants plus jeunes que moi qui me demandaient comment se battre contre la Mucoviscidose. Aujourd'hui, ils ne font plus partie de ce monde. La mucoviscidose est plus forte que nous et plus forte que moi. Alors, si je n'ai pas le droit, moi aussi, de baisser les bras, certains soirs, qui en a la permission ? Qui peut se permettre, si ce n'est moi, de désirer autre chose que cette vie monotone remplie de souvenirs d'enfants décédés ? Qui a le droit d'exiger de moi plus que je ne suis capable de donner ?

11 novembre 2008
J'ai toutes mes dents, mais pas toute la vie.

Les rares personnes qui pensent que je ne me plains jamais se trompent. En moi, je ne fais que ça. Mais en moi. Quand je me lève et que j'ai l'impression de m'entendre rugir plutôt que respirer, ce n'est pas toujours facile. Ni quand je contemple les dix malheureuses marches de l'escalier que je n'arrive pas à monter. Ni quand je fais une pause dans ce même escalier, plié en deux par une quinte de toux en pleine montée. Ni quand je vois le vélo dans le garage et que je me sens incapable de l'enfourcher pour pédaler vingt-cinq petits mètres. Ni quand je me retiens de rire, parce que je sais que, si je le fais, je finirais par tousser pendant vingt minutes. Ni quand on me dit « Fais tes aérosols, Jérémy, sinon ça n'ira pas » et que même ce discours bienveillant ne me donne pas envie de les faire. Ni quand je suis enrhumé, et qu'on me dit que je devrais me faire opérer, parce que, sinon, je ne pourrai bientôt plus respirer par le nez. Ni quand on ajoute que l'opération est risquée et serait inutile si, après, je ne fais pas trois lavages de nez par jour. Ni quand on me dit que je vais devoir quitter l'équipe médicale qui me soigne depuis toujours et partir de mon hôpital pour un monde insalubre. Ni quand on me parle de greffe pour la première fois. Ni quand les perfusions que j'ai à subir, destinées à détruire les microbes, me provoquent des nausées trois fois par jour. Ni quand je suis incapable de me lever, parce que je sais qu'au moindre geste, je tousserai pendant vingt minutes. Ni quand, après avoir toussé comme un fou, je n'ai plus qu'à me recoucher tellement je suis fatigué de cette quinte de toux. Ni quand je sors de la douche et que la buée de la salle de bain m'étouffe. Ni quand on me demande de porter un lot de bouteilles de lait et que je n'en suis plus capable. Ni quand, trop essoufflé, je suis obligé de demander à mon petit frère de le porter pour moi. Non, ce n'est pas tous les jours facile. Mais je ne me plains qu'à l'intérieur de moi. Mes principes ne me disent pas d'éviter de faire ce qui m'essouffle. Ils me disent de le faire et de me taire. Cherchez l'erreur…

Je me souviens d'un débat avec des amis un soir. Ils voulaient savoir si je serais tenté de recommencer à vivre ma vie sans la mucoviscidose, si, bien sûr, j'en avais le choix. J'avais répondu que non. Une vie d'indemne ? Je n'en veux pas. Je veux garder ce qui me rend si fort, parfois, quand je gagne sur mes souffrances. Je veux être fier de moi quand je me tiens droit, debout, malgré la quinte de toux qui me plie en deux vers la terre. J'ai pris goût au combat. Je veux aussi que l'on se souvienne de ce que j'ai dit ou écrit. Je veux que ma vie ait une valeur inestimable. Celle qu'elle a d'ailleurs. Avec tous ces gens qui me soignent et se battent pour que mon existence se passe du mieux possible, c'est la moindre des choses d'être conscient qu'elle n'a pas de prix. Mais ce dont je suis le plus conscient, c'est que j'ai dix-neuf ans, toutes mes dents, mais pas toute la vie. Et je n'ai pas encore tout vu. Ce que j'ai eu à supporter n'est rien face à ce qui m'attend. Mais, aujourd'hui, j'essaie de croire en la vie. Je la sais supérieure à la mort. Toutes ces années m'ont fait vivre de réels cauchemars et m'ont plongé dans d'interminables déprimes. Alors pourquoi, si l'on me demandait de choisir entre connaître une autre existence ou expérimenter la même, j'opterais pour revivre ma vie

? Probablement parce que ces dix-neuf années ont construit ma personnalité. Pour certains, je suis insupportable. Le degré de tolérance n'est pas le même pour tout le monde. Mon entourage supporte parfois beaucoup moins bien mon combat surdéterminé, vital et primordial. Ma maladie, avec le temps, m'a imposé une méthode de fonctionnement qui dénie mes limites. J'ai tout simplement décidé qu'elles n'existent pas, même si cela m'a fait énormément de torts dans de nombreuses circonstances. Les statistiques ne jouent pas en ma faveur. Il n'est nulle part mentionné la notion de guérison dans le mode d'emploi de ma vie. Alors, j'ai enterré ma fierté et j'ai appris à vivre avec cette peur du lendemain. J'essaie d'apprivoiser mes angoisses sans pour autant les refouler. De toute façon, il me faut bien admettre que même si mon amour pour la vie va au-delà de tout ce que l'humanité peut percevoir, celui-ci n'allongera en rien mon espérance de vie. C'est ainsi. A dix-neuf ans, aujourd'hui, c'est la mort ou la vie. Point.

13 janvier 2009
Entre la peste et le choléra.

Depuis ce matin, je suis à l'hôpital pour un début de cure d'antibiotiques. Une de celles que je fais tous les trois mois. Une de plus. J'écris dans une chambre sombre et vide. Comme d'habitude. Mais, aujourd'hui, je suis relié à une bouteille d'oxygène pour la première fois. Jour et nuit, et ce pendant trois jours, tous ces bips autour de moi sont priés de me tenir en vie. En vérité, ce n'est pas comme ça que je définirais le mot « vie ». Toutefois, je me demande bien quelle pourrait en être la définition. D'ailleurs, je ne sais même pas s'il y a un rapport entre la définition et le phénomène. S'il me suffisait de lire la définition pour jouir du phénomène, je me ferais lecteur plutôt qu'auteur.

Mes fonctions respiratoires ont encore nettement diminué. J'ai de nombreuses quintes de toux qui me provoquent des maux de tête ou qui, même, me font vomir. Lors de l'une d'entre elles, je fixais un point sur le mur, puis sur le meuble face à moi, puis à ma gauche, puis à ma droite et je me demandais de quel côté j'allais tomber. Autant dire que j'ai rarement connu des périodes aussi difficiles. Physiquement, tout du moins, je n'en ai pas le souvenir.

Bien sûr, c'est connu, la santé a des répercussions sur le moral et vice versa. Cela peut facilement se comprendre. Mon moral est l'arme la plus importante pour gagner mes batailles. Il est la meilleure de mes boussoles pour conserver mon cap de bonne espérance à moi. Mais c'est aussi celle que j'ai le plus de mal à garder stable. Néanmoins, je suis assez satisfait de mon état d'âme

actuel. Etonnamment, il n'a pas totalement plongé du côté « désespoir ».
La douloureuse différence avec les jeunes de mon âge, qui, eux, sont sains, m'insupporte. Ils vivent comme si l'éternité était devant eux. Moi pas. Il n'est pas toujours aisé d'être obligé de vivre « au jour le jour ». Pourquoi mes pensées sont-elles si souvent axées sur ma maladie ? Suis-je otage de la mucoviscidose ? Je ne sais pas, mais soit on refuse la maladie et tout ce qui s'en suit (traitements, statistiques peu rassurantes, autres questionnements…), soit on vit en faisant son traitement. Soit on vit « comme tout le monde », en accélérant le processus de la maladie, soit on perd le temps de sa jeunesse à se soigner, tout en prenant peu à peu conscience que l'on ne fait que reculer les choses. En résumé, j'ai le choix entre la peste et le choléra et, comme chacun sait, dans les deux cas, on en meurt.

Fais pas cette tête, quoi !
Nous deux,
c'est une très longue histoire.
On a été d'abord très liés, souviens-toi…
Et pofff !!!
Des gens se sont mis entre nous, ! Je t'avoue que je ne pensais pas
qu'ils réussiraient à ce point !
Ils m'ont accusée
d'être responsable de tes craintes,
et toi, plus con encore,
tu les as crus.
Mais, j'ai plus d'un sale tour dans mon sac, mon gaillard,
qu'est-ce que tu crois ?

Faut dire, j'ai fait fort, moi.
Quand je t'ai volé ton corps,
tu étais tout petit, tout jeune,
et dieu sait si j'en avais connu d'autres,
des comme toi.
Ben oui,
tu n'es pas le premier agneau venu.
J'en ai croqué plein avant.
Tu m'as tout de suite acceptée.
Oui, enfin, avais-tu vraiment le choix ?

Hein ?
De toi à moi, là, c'était fastoche.
Tu n'avais pratiquement pas de cheveux
et tu gardais les yeux fermés.
On nous a baptisés "Jérémy".
Oui, je dis « on » parce que
toi sans moi ou moi sans toi,
ça ne se peut pas,
puisque je suis une maladie génétique,
gros ballot !
Enfin gros, pas vraiment…

2 février 2009
Peurs, doutes et colère.

Je fais plutôt partie des cas à part. J'ai la mentalité d'un jeune malade de dix-neuf ans conscient de la gravité de sa maladie, je suis conscient de la courte durée de vie qui m'est promise, mais je refuse la plupart des traitements médicamenteux. Je suis de ceux qui aiment la vie et qui veulent s'en régaler, justement parce qu'elle est trop courte. Nul besoin, pour moi, d'aller contre mon destin. D'où mon désintérêt pour la greffe qui est, sans aucun doute, une très grande avancée, mais pas pour autant une obligation. Pour certains esprits fermés, refuser la plupart des traitements médicamenteux paraît être un comportement suicidaire. Si on me pose la question « le suicide n'équivaut-il pas à « aller contre son destin ? », je réponds que « si le destin d'un muco est de mourir jeune, pourquoi serait-il mal vu de se laisser partir, voire de partir un peu plus vite que prévu ? » Au fond, peut-être, que j'aspire à une guérison prochaine...
En dehors de ma façon d'interpréter la vie, il y a ma manière de la vivre et de vivre des peurs fréquentes. Celle de souffrir est ma plus grande peur. C'est véridique. J'ai peur de la souffrance. J'ai souffert, je souffre, et je suis habitué à souffrir, mais j'appréhende le moment où je souffrirai encore plus, car il y en aura un. Je n'ai pas peur de partir, mais j'appréhende la souffrance d'avant mon départ. Quoi de plus humain ? Mais se savoir condamné n'est pas le plus dur, dans ce genre de maladie. Ce qui est pénible au plus haut point, c'est sentir ses fonctions vitales diminuer, puis de les sentir remonter, puis de les sentir redescendre, puis

remonter, puis redescendre, etc. Ce mouvement infernal de balancier qui ne s'arrêtera jamais me fait parfois souhaiter le pire et c'est légitime. Mais, après réflexion, un court moment de lucidité me rappelle que la vie a un prix. Toutes ces années passées à me battre ne m'ont pas donné le droit de renoncer à ce combat, même si je le trouve trop long. Puisque la mucoviscidose impose de vivre au jour le jour, comme toute maladie mortelle, parler au futur est si malaisé que c'est presque impossible. Tant et si bien qu'afin d'être réaliste, j'aime parler au passé. Il me réconcilie avec un présent douteux.
En dehors des moments de peurs et de doutes, il y a ceux de la colère. Certains appellent ça « la rage de vaincre ». Moi je dis juste « avoir du caractère ». La mucoviscidose fait de moi un pantin qui souffre d'un mal-être intérieur qui va parfois jusqu'à la remise en cause du principal but de ma vie. Je suis un être à l'espérance de vie raccourcie, bien que la vie soit toujours trop longue pour espérer fuir l'ennui. Comme je voudrais faire partie de la foule de tous ces petits inconscients pour qui mes journées sont pour eux des heures ! Mais la mucoviscidose a fait aussi de moi ce que je suis devenu, pas meilleur qu'un autre, peut-être, mais anormalement pensif pour un jeune homme de mon âge. J'ai ce pouvoir d'écrire que d'autres n'ont pas. J'ai peut-être en moi une envie de vivre et une joie de vivre bien supérieure à la norme, bien que ce texte soit tissé de pas mal de désespoir et de lamentations. D'ailleurs, il est probablement perçu comme l'assemblage des derniers mots d'un malade à la quête d'une santé. Mais il est ma vie.
Ce serait merveilleux de vivre et respirer comme un être humain normal. Mais j'aimerais que ma normalité

humaine ne me donne pas le pouvoir de mentir, ni celui de me moquer de mon prochain, ni celui de fumer, ni celui de me battre, ni celui de ne pas attribuer de sens à la vie, ni celui de déclarer la guerre à des pays sous développés. Comme dit Simone de Beauvoir : « Dur travail, de mourir, quand on aime si fort la vie ». Mais le fait de pressentir l'heure de notre mort a, sans aucun doute, le don de décupler notre amour pour la vie. On jouit même de la tristesse, des doutes ou des peurs qui nous envahissent parce qu'elles sont encore preuves de vie. Tout ce qui se trouve autour de nous prend une importance inégalable, un autre sens et une tout autre valeur. Il est difficile, voire impossible de décrire mon ressenti avec des mots. Je sais que ma peur de partir, celle de connaître l'inconnu, l'ailleurs, me pousse à me contenter de ce que j'ai ici. Je me satisfais de ce que j'ai et de ce que je vis. C'est peut-être qu'intérieurement je suis déjà préparé à ma mort. La vie, c'est quoi ? Un ensemble de projets ? D'idées ? De rêves ? De pensées ? A quoi doit-on croire ? Mes croyances, ainsi que les dures épreuves de ma vie, ont forgé mon caractère. Elles m'ont permis de répondre à certaines de mes interrogations. J'ai compris des choses que bien des indemnes ne comprendront jamais. Là sont ma satisfaction personnelle et la conviction que ce n'est pas l'âge mais l'intensité de ce que l'on a vécu qui force le respect. Dieu, s'il existe m'a fait don de cette maladie. Il m'a donc fait le don d'aimer ma vie, de la chérir et de profiter de chaque instant. Ma vie c'est pleurer, ma vie c'est rire. Ma vie c'est souffrir, ma vie c'est rêver. Ma vie c'est lutter, ma vie c'est aimer. Ma vie c'est penser triste ou gai. Trois cent soixante-cinq jours par an, nous, les malades, pensons à cette chose qui nous fera tôt ou tard culbuter à l'envers du décor. Rien ne peut effacer ces pensées. Rien ne peut les arrêter ne serait-ce que quelques instants. Je suis devenu une machine à penser sur ce que l'existence peut, à elle seule, nous apporter. En un mot comme en cent, (en sang ?), vivre avec la mucoviscidose, ce n'est pas autre chose que vivre avec la mort aux trousses.

24 février 2009
C'est aérosols, foot et vélo.

Aujourd'hui, je me suis décidé à reprendre mes séances d'aérosols. Ce pourrait être un grand jour, si je n'avais pas la fâcheuse habitude de les arrêter toutes les deux semaines. Depuis tout petit, je ne veux pas convenir de la nécessité de ces séances, malgré les discours, pourtant très judicieux et bienveillants, du Professeur Turck. En plus, il y a plusieurs mois, j'avais décidé de ne plus me soigner. Cependant, je continuais à prendre les médicaments qui, en cas d'oubli, me provoquent de terribles douleurs abdominales (pas fou, Jérémy, non plus). Malheureusement, je crois que je me décourage très vite. Je peux être très motivé à me soigner le matin, et même faire deux aérosols plutôt qu'un, tellement je veux rattraper le temps perdu. Mais, le soir, je suis capable de décider de tout arrêter à cause de la moindre contrariété. Comme si ce n'était pas à moi que ces aérosols étaient utiles ! Je sais que « c'est pour mon bien ». Mais je ne me sens pas obligé de les faire. Ah, les « C'est pour ton bien », qu'est-ce que j'ai pu en entendre dans ma vie ! Je ne crois pas qu'il faille une prise de conscience pour mieux se soigner. Il me faudrait plutôt quelque chose à quoi m'accrocher.
Je ne suis pas le seul à ne pas tenir des résolutions. J'ai observé les gens autour de moi. La décision la plus fréquente, chaque début d'année, c'est la célèbre « J'arrête de fumer ». Si ça, ce n'est pas « pour leur bien » ! Et bien, non, ils ne s'y tiennent pas. Donc, surprenant ou pas, tout le monde est comme moi, tout simplement. Plus sérieusement, pour vivre il faut faire

ces aérosols. Mais pour les faire, il faut être motivé à vivre. Il me faut quelque chose de concret et dont j'ai envie plus que tout, pour croire en l'efficacité de ces damnés cinq millilitres de produit. Quand on m'affirme que ce produit est forcément efficace, puisque la recherche l'a conçu et commercialisé, je rétorque « Objection, votre honneur ! ». Il y a une telle multitude de traitements retirés du marché après avoir été « testés et approuvés », que je me permets de douter.
En plus des aérosols, j'ai envie de me remettre tout doucement au sport. Pour cela, je fais quelques séries de pompes matin et soir, en attendant que le soleil illumine ma petite région et me permette de reprendre le foot entre amis et des promenades en vélo. Mais qu'est-ce qui m'arrive ? C'est le printemps qui approche ?

10 mars 2009
Des postes à ne pas pourvoir.

Aujourd'hui j'avais un rendez-vous important pour décrocher un boulot. Quand on m'a parlé de besoin de « production » et du fait que je serais parfois amené à porter des choses « plutôt lourdes », j'ai tout de suite deviné la suite des événements. Malgré l'opportunité que je perdais, j'ai avoué qu'au jour d'aujourd'hui, si je cours après un bus pendant dix secondes, je mets dix minutes à m'en remettre. Je veux bien faire tous les efforts du monde, je veux bien être entouré de milliers de personnes prêtent à pulvériser la muco, mais rien de ma réalité ne pourra changer. Je serai malade de la mucoviscidose toute ma vie. Chaque jour, je dois faire preuve de courage devant les obstacles que je rencontre en travers de ma route. Il y a des escaliers à monter, un bus qui s'en va mais que je ne veux pas rater, ou une bouteille de soda à aller acheter à cent mètres de chez moi. Chacune de ces épreuves est une souffrance. Elle n'en est pas une pour les indemnes. Même les partager par écrit est très dur. Je n'aime pas me décourager si vite, mais je n'aime pas non plus ceux pour qui tout est acquis. Ces écrits ne sont pas un compte de faits, ni un conte de fée. Au contraire. Ce soir, je me demande bien ce que je suis capable de faire. Pour vivre, il me faut une chaise devant un ordinateur, un stylo, un repas que l'on m'apporte et un chauffeur qui m'accompagnera. Autrement, je ne peux pas suivre la cadence des autres vivants. J'en suis manifestement incapable. Je ne suis qu'un survivant. Voilà la réalité cruelle et nue. Je suis abandonné sur la route par le système de la productivité à tout prix. Et je suis obligé d'avouer ma non-productivité. « Avouer ». Merde ! De quoi suis-je coupable ? Je suis de nouveau dans une période de doutes dont il me faut sortir à tout prix. Mais comment lutter contre l'impression que j'ai de ne servir à personne ? Quelqu'un, qui a la faculté d'embaucher ou pas un handicapé a choisi de ne pas l'engager. « Comprenez-moi, cher Monsieur, les besoins de la production étant ce qu'ils sont… » Je ne l'écoute plus, je pense : Une petite souffrance de plus, pour la route, peut-être ? Non ? Mais d'où me viennent toutes ces interrogations, bon sang ? Bon sang ? Non, très mauvais sang.

Après ça, comment voulez-vous que je n'aie pas la sinistre tentation de me dire que je ne suis qu'un bon à rien ? Pourtant, il suffirait d'un coup de pouce pour réaliser l'impossible. Malgré cela, même excédé, même tourmenté, je ne me vois pas rester là, dans mon monde allant à contre-courant de l'autre. Le monde de la juteuse « productivité » m'a lâché. Professionnellement parlant, je suis perdu. Médicalement parlant, je ne crois plus en la chance de voir ma capacité respiratoire s'améliorer. Cela fait deux raisons pour ranimer les incertitudes que je nourrissais en entrant au lycée. Maintenant que j'en suis sorti avec un baccalauréat, avec mention, de surcroît, il m'est asséné que les postes à pourvoir ne sont pas faits pour moi. Que faire ? Plusieurs projets me trottent dans la tête. L'un est de reprendre mes études dès la rentrée pour faire un Brevet de Technicien Supérieur en Informatique. L'autre est de trouver un travail tout en étant reconnu travailleur handicapé.

Je suis complètement découragé mais, malgré cela, j'ai trouvé une petite chose qui peut changer ma vie. Une chose que je désire plus que tout au monde. Elle me rendrait libre et utile et j'y pense constamment, désormais. Elle me permettrait d'évacuer ce qu'il y a de plus frustrant dans ma vie, puisque grâce à elle, je serais rapide sans me fatiguer. Ce serait bien la première fois. Cette chose a la forme d'un joli petit papier rose. Elle s'appelle « permis de conduire ». Le reste, je l'envoie valser.

Faut dire, j'ai fait fort, moi.
Quand je t'ai volé ton corps,
tu étais tout petit, tout jeune,
et dieu sait si j'en avais connu d'autres,
des comme toi.
Ben oui,
tu n'es pas le premier agneau venu.
J'en ai croqué plein avant.
Tu m'as tout de suite acceptée.
Oui, enfin, avais-tu vraiment le choix ?
Hein ?
De toi à moi, là, c'était fastoche.
Tu n'avais pratiquement pas de cheveux
et tu gardais les yeux fermés.
On nous a baptisés "Jérémy".
Oui, je dis « on » parce que
toi sans moi ou moi sans toi,
ça ne se peut pas,
puisque je suis une maladie génétique,
gros ballot !
Enfin gros, pas vraiment…

Toi je ne sais pas,
mais moi
j'aurai aimé
que l'on me demande
mon avis.
Enfin,
je ne peux pas emmerder le monde
tout le temps
sans laisser passer
quelques erreurs,
hein, non plus…
Bon, ceci dit,
j'aime assez.
On dit que ce prénom signifie
"Dieu a élevé", en hébreu.
Je ne parle pas hébreu,
moi,
je parle souffrance.
Mais, en même temps,
tu vois,
cela me ressemble assez,
je trouve…

On dit aussi que les « Jérémy »
sont calmes.
Alors, là, Jérémy,
je me fends la gueule, là…
Jérémy, toi, calme…
Fais-moi rire !
Si je veux, tu es calme,
si je veux,
c'est tout !!!!!
Non, mais qu'est-ce que tu t'imagines ?
Tu es calme uniquement
quand moi,
je décide que tu dois l'être.
Une bonne douleur par-ci,
une bonne douleur par-là
et, hop, le tour est joué,
et le Jérémy, il devient très énervé !
Très très énervé, même.
Pas calme du tout !

18 mars 2009
Mauvaise pioche.

En ce moment, je ne fais rien. Depuis neuf mois, je suis chez moi. Ma famille et mes ami(e) s pensent que je me la « coule douce », comme ils disent. Ils s'imaginent que l'année sabbatique que je prends est tout aussi plaisante que des grandes vacances. En réalité, si je ne fais rien, c'est parce que je suis totalement incapable de faire quelque chose. Mes copains, eux, ils ont continué les cours et ils se dessèchent d'envie sur place. Ils me disent que, finalement, j'ai tout le temps. C'est pour le moins ironique. Le temps, c'est eux qui l'ont, justement. Pas moi.
Pour couronner le tout, mercredi prochain, j'ai rendez-vous avec le professeur Turck pour une consultation dite « multidisciplinaire ». On fera le point sur ces deux derniers mois. Je sens déjà l'amertume du moment. Il me dira certainement qu'il faut que je reprenne la totalité du traitement tout de suite et il aura raison. Dans le dernier courrier reçu de l'hôpital, il était même mentionné la possibilité d'une oxygénothérapie nocturne. Que signifie cette oxygénothérapie ? Dormir chaque nuit avec de l'oxygène. Génial ! C'est donc, ça, dorénavant, la vie qui m'est réservée ? Super ! Il ne me restait plus que ça ! Même plus de nuits pour oublier les jours. Ce qui m'attriste, ce n'est pas le fait de savoir que mes nuits seront définitivement différentes, ni de savoir que ma maladie évolue et m'impose de la tuyauterie nocturne. Non. Ce qui m'afflige, c'est de me dire que plus jamais de ma vie je ne dormirai tranquillement, comme tout le monde, parce que j'aurai toujours des difficultés à

ventiler. Mais pourquoi moi ? Pourquoi, années après années, mois après mois, semaine après semaine, jour après jour, je vois évoluer la maladie ? Pourquoi ma vie ne me donne-t-elle pas le droit de vivre ? De respirer ? De jouir d'un véritable avenir ? Un avenir où j'aurais à fonder une famille, à nourrir mes enfants, à gâter mes petits enfants, à profiter de la retraite ? Pourquoi n'ai-je et n'aurai-je pas droit à tout cela ? C'est à ce genre de questions que je voudrais que mon entourage réponde. Mais en serait-il seulement capable ?
Il y a des soirs, comme ce soir, comme tous les soirs de désespoir, où je regrette certains de mes choix. Je sais que je ne devrais pas, qu'il ne faut pas en perdre la raison et qu'il y a des avenirs bien plus durs à envisager que le mien. Pourtant, chaque soir, il m'arrive d'être nostalgique, de penser à mes amies disparues à cause de la mucoviscidose ou de regretter la présence de mon père qui s'en est allé pour un monde prétendu « meilleur ». On ne sait rien de ce monde-là. Dans le monde des vivants, en revanche, on sait que c'est simple et essentiel d'avancer dans la vie, quand on en a les possibilités. Mais, quand on ne les a pas, c'est le plus ardu de tous les chemins. Où est le progrès, si, après avoir réussi à progressé dans ma vie personnelle, je me retrouve terrassé par un discours déstabilisant ? Je me sens encore plus fragilisé quand une personne du corps médical m'annonce quelque chose de grave. Je redoute d'autant plus ces moments que j'ai confiance en cette personne. Pour me protéger de ce genre d'expérience, j'ai pris l'habitude de vivre dans le passé. Je découvre chaque jour des chanteurs qui sont décédés, oubliés, ou à la retraite. Je me complais dans la biographie des gens de

soixante ans et j'évite soigneusement de me confronter au présent et à sa véritable actualité. Je cultive le souvenir des moments partagés avec des gens que j'aime, plutôt que de songer à les renouveler. Et, par-dessus tout, je refuse catégoriquement de vieillir, parce que l'âge moyen des décédés de la mucoviscidose est de vingt-quatre ans et que j'en aurais vingt dans six mois. Cette façon de réagir m'est totalement propre. Certains mucos vous diront qu'ils vont très bien, que l'âge de la mortalité de vingt ans n'est qu'une moyenne et que la recherche avance. A n'en pas douter, l'entourage de ces gens malades vous dira que nous vaincrons la mucoviscidose. Mais, là-dessus, tout compte fait, ils ne prennent pas beaucoup de risques. Mon compte à moi se traduit en nombre d'ami(e) s perdu(e)s à cause de la mucoviscidose. Certains étaient plus âgé(e) s que moi, d'autres n'avaient pas plus de dix petites années. Au vu de ces expériences, bien évidemment, on est plus vite préparé à la mort qu'à la vie. Mon frère, aussi, est atteint de mucoviscidose et il a compris, depuis des années, qu'il fallait profiter de la vie avant tout. La conception que l'on peut avoir de notre vie est bien loin d'être la même que celle des indemnes. Parce que ceux-ci ont famille, métier, argent et toute la panoplie de l'homme sain et heureux, ils doivent tout faire pour avancer afin de vivre. Nous, nous devons tout faire pour vivre afin d'avancer. Certains disent qu'il faut toujours persévérer et qu'il nous suffit de vouloir quelque chose pour l'obtenir. Joli message d'indemne. J'aimerais obtenir la santé. C'est possible, ça ? Non ? Ah ! Mauvaise pioche.

24 mars 2009
Pas perdus.

Hier, tranquillement, je me suis rendu à la gare de Lille Flandres pour déposer une amie qui partait pour Paris. Je ne pensais pas qu'en repartant, j'aurai le cœur aussi en vrac.

Mon amie et moi attendions son train et nous nous sommes appuyés sur l'un des murets des quatre coins de la gare. En face, adossée sur l'un des panneaux publicitaires, se tenait une fille brune aux yeux verts, maquillée, mais pas trop. Son regard a croisé le mien. Pudiquement, j'ai détourné les yeux. J'ai attendu qu'elle en fasse de même pour, à nouveau, me permettre de la regarder. Est-ce que c'est ça un coup de foudre ? En tout cas, il y avait de l'électricité dans l'air, autour de moi.

Mon amie partie, j'ai pris le chemin du retour et je suis repassé devant ce panneau publicitaire, plus indifférent que jamais à ce qui pouvait y être inscrit. Nous nous sommes de nouveau regardés. Quand j'ai enfin réalisé qu'il fallait que j'aille lui parler, que je tente de créer un contact, il était trop tard. Son train devait être à quai. Nous nous sommes quittés. Voilà. Fin de l'enchantement. Plus rien que le vide à l'endroit où elle était adossée. Et le bruit de la gare qui grondait sa vie de ferraille et de cris, de bruissements et de rires. Et de pas perdus.

Aujourd'hui, en espérant la revoir, je me suis de nouveau rendu à la gare. Même muret, même heure, mais vingt-quatre heures plus tard. Elle n'y était pas. Elle n'y était point. Déception. Regrets. Maison.

25 mars 2009
Plus crevé que crevé, tu meurs.

Je reviens d'un rendez-vous à l'hôpital Jeanne de Flandre pour une consultation multidisciplinaire. Comme chaque mois depuis près de vingt ans, j'y vois d'abord les kinésithérapeutes, parfois la diététicienne, puis je termine avec le professeur Turck. Mais aujourd'hui, je m'y suis rendu avec une petite appréhension. Je savais qu'il y aurait l'annonce d'une oxygénothérapie nocturne, en fin d'après-midi.

Comme prévu, je suis entré dans la salle des kinés, où nous avons discuté de quelques-uns de mes projets, de mon moral, puis de la courte reprise des aérosols que j'ai faite mi-février. Nous avons aussi évoqué mes quelques allergies aux antibiotiques utilisés pendant et en dehors des cures. Il semblerait que je sois désormais allergique au dernier antibiotique donné. Mes réactions sont quelque peu différentes de celles que j'ai avec d'autres traitements mais elles me sont insupportables. Quand je leur ai dit que j'avais commencé à avaler les antibios le dix au soir et cessé de le faire le douze au matin, cela les a fait sourire. C'est le principal. C'était le but recherché. Après ces quelques minutes de conversation, j'ai dû souffler dans une machine reliée à un ordinateur (EFR), comme à chaque fois. C'était tout simplement laborieux. Le fait que je me tienne en appui contre la table placée derrière moi n'est pas passé inaperçu aux yeux de la kiné. Elle a vu aussi que les tests m'ont véritablement épuisé. Plus crevé que crevé même ! D'après la courbe, je suis en chute libre. Aucune surprise. Je m'attendais tout à fait à ce genre de résultats, puisqu'en faisant le trajet « salon -

salle à manger » ou « cuisine - salon », j'étais passablement essoufflé. Il n'y a pas que mon moral qui ne va pas, lequel moral, d'ailleurs, a, lui aussi, tendance à se dégrader. J'ai aussi remarqué l'air attentif de la kiné dans les moments silencieux, ces moments blancs qui nous font dire que des anges passent. Et dieu sait s'il y en a dans un hôpital.
Suite à ce petit moment convivial avec des personnes que je connais depuis toujours et que j'apprécie énormément, je suis allé dans la salle d'attente du bureau du Professeur Turck. En entrant, quand il m'a demandé si cela allait bien, cette fois-ci, j'ai eu le cran de lui répondre que non. C'est l'une des premières fois que je lui donne cette réponse en dix-neuf ans. Nos yeux se sont croisés. Il a examiné la courbe des EFR et m'a dit ce que je m'étais préparé à entendre et à encaisser. Un autre silence. Puis avec douceur, mais professionnellement, il s'est approché de moi, a pris son stylo en main et m'a parlé de ma mucoviscidose. D'abord, comme il m'avait été dit il y a quelques semaines, dans quinze jours, je reprendrai la nutrition entérale chaque nuit. Il m'a dit que l'on profiterait de cette occasion pour surveiller ma saturation et que, si les résultats n'étaient pas satisfaisants, j'aurai de l'oxygène chaque nuit aussi. Il me laisse cette petite quinzaine de jours pour aller mieux. Je suis de nouveau sous antibiotiques, des nouveaux, bien plus connus que les précédents. Il m'a aussi dit très clairement et droit dans les yeux que ma mucoviscidose évoluait. C'est dans l'ordre des choses. Il m'a précisé que je ne mettais pas toutes les chances de mon côté. Il débutait amicalement ses phrases par : « ce n'est pas une critique, mais... », alors que je mériterais bien qu'il me critique. J'aurai

trouvé la chose tellement normale. Décidément, ce professeur est hors du commun. Ensuite, il m'a dit que lors de ma prochaine hospitalisation, il viendrait s'entretenir avec moi. Il prendrait de son temps pour me parler de ce fameux passage chez les adultes et nous ferons le point sur ma vie et examinerons « Où on en est, et où on va »…
Je me rassure en me disant que chacun de ses patients passe par ces très longues périodes de doutes. Il a insisté sur le fait qu'il me fallait parler, que j'avais son adresse de courrier électronique, son numéro de téléphone et, qu'en aucun cas, je ne devais hésiter. Inutile de préciser que j'ai énormément de respect pour cet homme admirable et extraordinaire. Il est réellement présent, et Dieu sait si son emploi du temps doit être chargé. Entre ses cours, ses voyages aux quatre coins du monde pour faire avancer la recherche contre la mucoviscidose, et ses rendez-vous à l'hôpital, il est toujours là. Il est là, mais il ne le dit pas. Tout le contraire de certains qui disent qu'ils sont là, mais qui ne le sont jamais.

26 mars 2009
Debout entre rêve et cauchemar.

Un rêve galope au milieu de mes cauchemars. Je voudrais, un jour, faire éditer tout ce que j'écris. Des ami(e)s me soutiennent dans ce nouveau projet, mais, même avec eux, je trouve le défi très dur à relever. Je les remercie de me tenir debout depuis tant de temps. A maintes reprises, ils ont su me relever face aux coups bas des gens jaloux, des méchants, des manipulateurs, des égoïstes et des incompréhensifs auxquels nous sommes confrontés sur Internet. Ils savent qu'écrire est une activité qui me soulage et qui me tient profondément à cœur. Ils comprennent mes nécessités. Mais, je me dis souvent que je n'arriverai jamais à écrire un livre. Ceci ne doit être réservé qu'à très peu de monde. Je n'ai pas ce don d'écrire, de laisser parler mon cœur, de partager mes sentiments et mes douleurs. Je m'y efforce, c'est tout. De plus, la vie est tellement dure que je ne vois pas pourquoi des gens prendraient plaisir à lire la mienne. Mais qui ne tente rien n'a rien. Alors j'écris. Je raconte mes coups de gueules, mes coups de cœurs, mes besoins, mes attentes et mes angoisses. J'expose ma vie de damné de la terre atteint de mucoviscidose. Je n'ai pas pour but de provoquer un regard de compassion sur les gens atteints de quelque maladie que ce soit. Je tente juste de sensibiliser le lecteur sur des vies en danger. Je veux bien admettre que la vie est dure pour tout le monde et défendre ce point de vue, mais nous ne sommes pas tous logés à la même enseigne. Je veux que chacun prenne conscience que nous ne sommes pas égaux, que la vie est plus pénible pour certains que pour d'autres, alors que,

pourtant, tous, nous avons commencé notre vie de la même façon.
J'ai déjà écrit que l'endroit où je me sentais le mieux était l'hôpital Jeanne de Flandre. Cela peut sembler étrange. D'autant plus que j'ai souvent entendu qu'il fallait que les patients se changent les idées et que le meilleur moyen était de sortir de l'hôpital quelque temps. Mais l'inverse est vrai aussi. Quand je ne suis pas bien moralement, j'ai besoin de retourner là où je me sens en sécurité. Et à Jeanne de Flandres, je me sens en sécurité. J'y suis entouré de gens qui me protègent, sans pour autant me surprotéger et, surtout, qui connaissent la mucoviscidose sur le bout des doigts. On m'y considère comme un adulte, mais on ne m'en demande pas tant. Hors de l'hôpital, c'est très pénible de vivre avec des gens qui ne connaissent rien à mes souffrances. La pathologie dont je souffre nécessite de très nombreux rendez-vous médicaux. Tous les mois, parfois plus, il est utile et nécessaire de se rendre à l'hôpital. Des habitudes se sont créées. J'y suis chez moi, en quelque sorte. De plus, lors de mes longues hospitalisations, qu'il le veuille ou non, le personnel médical tient le rôle de la famille. C'est lui qui me materne et me soutient lorsque les visites sont interdites. C'est particulièrement tangible le matin, très tôt, ainsi que le soir, lorsque les infirmières de nuit prennent la relève, que le couloir est sombre et que les bips retentissent de chambre en chambre.

On dit aussi que les « Jérémy »
sont calmes.
Alors, là, Jérémy,
je me fends la gueule, là…
Jérémy, toi, calme…
Fais-moi rire !
Si je veux, tu es calme,
si je veux,
c'est tout !!!!!
Non, mais qu'est-ce que tu t'imagines ?
Tu es calme uniquement
quand moi,
je décide que tu dois l'être.
Une bonne douleur par-ci,
une bonne douleur par-là
et, hop, le tour est joué,
et le Jérémy, il devient très énervé !
Très très énervé, même.
Pas calme du tout !

Je me souviens que, déjà tout petit,
tu avais du mal à faire tes aérosols.
Il fallait parfois te faire du chantage.
Moi, j'étais là, paisible,
à compter les points,
qui c'était qui allait gagner.
Tout ça…
Ils avaient du mal, tes parents,
il faut dire.
Comment te faire comprendre,
alors que tu n'avais que deux ou trois ans, que les aérosols pouvaient t'être efficaces ? Hein ? De toi à moi ?
Hélas pour toi,
tu m'as donné du mou…
Alors, moi, évidemment,
j'ai repris du terrain, moi.
Et bingo, j'ai gagné une petite manche !
En même temps, je sais bien
que te dire de te soigner,
c'est un peu comme parler
dans l'oreille d'un sourd.

1er avril 2009
Le train de la vie file sans moi.

Je n'ai pas été en forme aujourd'hui. D'ailleurs, je n'ai pas été en forme de la semaine. Peu à peu, subrepticement, la maladie gagne du terrain et je fais les choses avec de plus en plus de difficulté. Cela me fait entrer dans une mélancolie de plus en plus sombre. Mes ami(e) s, eux, grandissent, vieillissent, accumulent les réussites dans leur vie privée, se construisent un avenir sur des bases solides et joyeuses. Pendant ce temps, moi, j'ai l'impression d'anticiper ma propre mort. Je ne veux plus avancer. En parler me fait venir les larmes aux yeux. Etre atteint de cette saleté de mucoviscidose, cela veut dire être promis à un avenir douloureux. Mais jusque-là, je ne me suis que très très rarement préoccupé de l'avenir. Aujourd'hui, je constate que j'ai l'âge d'entrer dans ce qu'on appelle la vie active et qu'à ce stade, malheureusement, je ne suis plus capable de suivre. Je deviens exactement ce que je m'étais toujours promis de ne pas être. Je ne veux pas rester sur le bord de la route. Je ne veux pas que le train de la vie file sans moi. Je ne veux à aucun prix être dépendant des autres adultes de mon entourage. Je m'étais promis d'être quelqu'un. Et quelqu'un de bien. Tout ce dont je m'aperçois, c'est que je ne suis pas le maître de ma vie. Les gens qui m'ont servi d'exemple à ne pas suivre étaient très certainement dans la même situation que moi. Eux aussi dépendaient d'une chose bien plus forte que la simple envie de vivre. Et voilà que, pour finir de m'abattre, la fatigue s'empare de mon corps. Je suis obligé de faire deux siestes par jour. Dans cet état, je ne peux pas solliciter un travail à plein-temps. Mon moral s'en effrite d'autant plus. Chacun de mes réveils est douloureux. Je me provoque une quinte de toux qui se terminera cinq minutes plus tard. Cinq minutes, c'est long. Je suis essoufflé. Mon visage contracté est en larmes. Ce ne sont pas des larmes de tristesse, mais des larmes d'essoufflement et j'en suis harassé. Quand je me relève, j'ai le dos cassé et douloureux. Je m'accroche à la musique que j'entends autour de moi, à la possibilité de converser avec des gens qui me comprennent, à celle de boire une canette de soda et aux boîtes de médicaments que je n'ose plus toucher. Ma vie est incertaine. Une seule chose est certaine. Je ne sais pas où je vais. Est-ce que la société m'a trompé en me faisant croire qu'elle me mettrait un jour sur le même pied d'égalité que les autres ? Il n'a jamais été question d'égalité. Jamais. Ma naïveté a été entretenue chaque fois que l'on m'a vanté les avancées thérapeutiques. Eux, les chercheurs, ils gardent le sourire. Ils nous promettent des jours plus heureux. Moi, je ne souris pas. Je voudrais bien savoir ce que mes amies parties à l'envers du décor pensent de la recherche qui « continue d'avancer ». Il ne m'est pas permis d'en vouloir à tous ces gens qui gardent confiance. Je ne peux pas leur ouvrir les yeux, mais les miens sont ouverts. Je ne peux pas, non plus, briser leurs rêves, mais les miens le sont. J'ai connu dans ma chair la souffrance, alors que je n'étais qu'un jeune enfant. Mais il ne m'est pas permis de désirer que, eux aussi, souffrent à leur tour. Pourtant cela leur ferait comprendre que l'homme n'est pas à la hauteur de ses espérances. Les miennes se sont pulvérisées. Je sais que certains trouveront mes propos idiots et déplacés. Ne pas accepter mes incertitudes équivaut à continuer de penser qu'un jour on vaincra la mucoviscidose. Tout est si simple vu de loin. C'est si facile d'envisager la guérison dans cinq, dix ou quinze ans. En tout cas, hors de toute polémique, je n'oublie pas mes amies parties. Elles furent aveuglées par le feu de l'espérance folle de vivre, que des indemnes attisaient, pour mieux se convaincre qu'elles vivraient. En fin de compte, ils ne se souciaient que de leur propre vie. Au fond, les indemnes ne font que passer leur temps à se consoler d'avance de leur impuissance désolée. Ils culpabilisent d'être en pleine vie. Ils s'échinent à répandre des paroles lénifiantes à ceux et celles qui ne peuvent faire autrement que de subir une mort en pleine jeunesse, injuste parce que largement prématurée, illogique parce que non chronologique.

J'ai pris l'habitude d'écrire chaque jour, et ceci depuis presque cinq ans. Cinq ans de mots qui se bousculent. Cinq ans de doigts qui volent sur le clavier. Cinq années passées à me demander si j'aurais le temps d'accomplir chacune des choses que je me suis promise de faire. Cinq années passées à me demander quand la mort viendra à moi.

6 avril 2009
Je me fous de crever ou non.

Ce soir, à l'hôpital, je n'ai pas d'ordinateur, mais j'ai prévu de quoi écrire. J'ai empilé des feuilles les unes sur les autres. A l'heure où j'écris, j'ai uniquement sur moi la surveillance de saturation. J'évite volontairement de regarder mon maigre reflet dans la vitre de gauche. La maladie s'aggrave. Je le vois sur le visage du personnel médical. Tous, les uns après les autres, essaient de me faire entendre raison sur l'utilité des aérosols. Ils ne semblent pas apprécier ma volonté de vivre « comme tout le monde » au risque d'y laisser ma vie. Et pourtant, qu'est-ce que j'aime la vie ! C'est dommage qu'il me faille toutes ces épreuves pour me rendre compte à quel point je l'aime. En plus, aujourd'hui, j'ai obtenu mon code de la route. J'en ai sauté de joie, mais j'en suis plus fier qu'heureux. Aussitôt sorti de cet examen, je suis entré à l'hôpital. C'est dire si je n'ai pas eu le temps de m'ennuyer. Pour en revenir à mon apparence squelettique, il semble que j'ai perdu quelques centaines de grammes. Ce n'est pas grave, puisque je suis là pour démarrer la nutrition entérale. Mais, pour tout avouer, j'ai un peu honte lorsque je croise un miroir.
Cet après-midi, on m'a demandé : « Pourquoi acceptes-tu de reprendre la sonde de nutrition, alors que tu refuses les aérosols ? » J'ai répondu que la sonde, elle, touche le physique. « Mais alors, pourquoi acceptes-tu de faire des cures d'antibiotiques ? » Ah, coincé, Jérémy. Bonnes questions. Merci de me les avoir posées. Quatre-vingt-quinze pour cent des gens avec qui j'en discute pensent que, si je ne fais pas tout le traitement, c'est parce que je

doute de leur utilité. La vérité est beaucoup plus simple. Je ne veux pas me plomber l'existence avec tous ces « traitements lourds ». C'est moi qui vis ma vie, mais ce sont les autres qui en parlent. Ironique, non ? Pourtant, par définition, ils sont incapables de voir la réalité de mon point de vue, puisqu'ils ne sont pas à ma place. Qu'ils le veuillent ou pas, je me fous de crever ou non. De toute façon, j'y passerai. Alors, qu'on me fiche la paix. Non ? Si.

Je me souviens que, déjà tout petit,
tu avais du mal à faire tes aérosols.
Il fallait parfois te faire du chantage.
Moi, j'étais là, paisible,
à compter les points,
qui c'était qui allait gagner.
Tout ça…
Ils avaient du mal, tes parents,
il faut dire.
Comment te faire comprendre,
alors que tu n'avais que deux ou trois ans, que les aérosols pouvaient t'être efficaces ? Hein ? De toi à moi ?
Hélas pour toi,
tu m'as donné du mou…
Alors, moi, évidemment,
j'ai repris du terrain, moi.
Et bingo, j'ai gagné une petite manche !
En même temps, je sais bien
que te dire de te soigner,
c'est un peu comme parler
dans l'oreille d'un sourd.

Hé, Jérémy,
tu te souviens de tes sept ans ?
L'âge de raison, qu'ils disent…
Ben, moi,
j'en ai fait l'âge du pancréas, pour toi… Plus original, non ?
Alors, tu t'en souviens du mal de ventre provoqué par ton pancréas ?

Là aussi, les grands cons de ton entourage ont dit que j'en étais la responsable.
Je ne les aime pas,
les grands cons de ton entourage,
Figure-toi.
Depuis des dizaines d'années,
ils font la quête,
parce qu'ils espèrent
un jour me détrôner.

Troisième partie :

De l'écriture au message.

Interpeller.

8 avril 2009
L'envie d'écrire pour rester en vie.

Si on me demandait ce que j'aurais voulu faire de ma vie, ou ce que je veux en faire à l'heure actuelle, je répondrai que je ne sais pas. Mais si on me demandait pourquoi je ne sais pas quoi faire, j'aurais plus de trente-six mille réponses. De nombreuses fois, j'ai dit ou ai écrit que j'aimais la vie et que si je n'avais pas été malade, je n'aurais pas su l'aimer et en profiter comme je le fais aujourd'hui. Quatre-vingt-dix-neuf pour cent des gens ne savent ni l'aimer ni en profiter. Je crois faire partie du « un pour cent » restant. En revanche, je sais que je peux faire plein de choses et que j'ai envie de beaucoup de choses, mais je ne sais pas quoi choisir. Si mon corps ne me l'empêchait pas, je me défoncerais pour créer tout ce qui me passe par la tête. La dernière fois que j'ai été à l'hôpital, une personne me racontait ses malheurs. Elle a fini, comme tout le monde, par un désolant « C'est la vie ». Souvent, les gens évoquent le hasard, la chance ou le destin, avant de finir leurs discours par cette conclusion insignifiante. J'en suis toujours surpris. Vraiment, ce n'était pas la peine de se gratter les méninges pour aboutir à une fin aussi ridicule et conventionnelle. Je suppose que l'utiliser à tout bout de champ est censé relativiser les faits et rendre le concerné plus « préparé » à ce qui lui arrive. Si « c'est ça la vie », alors il me tarde de connaître la mort. Quand on me raconte ses malheurs, je ne peux pas m'empêcher de songer aux miens. C'est inévitable, mais je ne dis rien. Je voudrais bien qu'une étiquette me soit collée sur le front. Il y serait mentionné qu'il suffit de me lire pour savoir ce que j'ai dans la tête et j'aurais la paix. Ce serait tellement plus simple. Cela abrégerait beaucoup de conversations que je souhaite éviter à l'avenir. J'aime bien parler de la tristesse des gens ou me rendre utile, mais, dans ces cas-là, je ne sais absolument rien dire. D'un air compréhensif, j'utilise des petits « oui, bien sûr, je comprends », mais ils ne signifient rien ou pas grand-chose pour celui ou celle qui les reçoit. J'ai l'habitude d'être consolé. Je n'ai pas celle d'être consolateur. Quelquefois, je suis tenté de dire que ce sont les meilleurs qui partent les premiers, mais cela ne servirait à rien. Alors, je me tais. Tout à l'heure, à la gare, je regardais les hommes d'affaires passer dans leurs longs manteaux, l'air affairé et important. Je les imaginais déjà rejoindre leurs bagnoles de luxe. Tout d'un coup, je me suis dit que la vie m'avait plus que grugé. Je l'ai toujours su, je l'ai toujours dit. Durant des années, j'ai langui à l'école, alors qu'étant malade, il ne me servait à rien d'entasser des diplômes, ce que je n'ai pas fait, d'ailleurs, sinon un minimum. Et aujourd'hui, je m'aperçois qu'il y a de fortes chances que je ne puisse pas travailler. J'avais donc cruellement raison avant l'heure. Je me souviens tristement de l'air navré de tous mes enseignants. Ils me conseillaient fortement de « m'y mettre ». Je revois encore leurs petites gueules d'indemnes ignorant ma réalité. Ils me susurraient des « Mais si Jérémy, il faut que tu travailles ! Mais si, tu pourras gagner ta vie, si tu en as envie ! » S'ils savaient ce dont j'ai envie ! Tout ce que j'écris ne sert peut-être à rien. Il y a de grandes chances que je sois incompris. Mais, s'il y a bien une chose qui me satisfait, c'est qu'au moins j'aurai, dans ma vie, pris le temps de l'écrire. Oui, ça, j'en ai envie. Pour rester en vie.

24 avril 2009
Me revoilà. Vivant.

Cela fait longtemps que je ne suis pas venu déposer les mots de mes maux et les rages de mon cœur. Ces deux dernières semaines n'ont pas été simples à vivre. Il a fallu que je prenne le temps de me réhabituer à la nutrition entérale et à tout ce qu'elle engendre, comme, entre autre, quelques furieuses douleurs abdominales. Mes premières nuits ont été plus que mouvementées. Puis, insensiblement, j'ai retrouvé le sommeil. Je sens aussi le début des bienfaits de l'oxygène. Mes journées me sont plus agréables. Les efforts que je fais ont beaucoup moins d'influence sur ma respiration, même si je ne me sens pas encore capable de reprendre le sport. Et pourtant, cela me ferait énormément de bien. J'envisage d'ailleurs de me remettre tout doucement à courir. Mais vraiment tout doucement.

J'ai beaucoup douté sur mes capacités d'écrivain, ces deux dernières semaines. Je me suis très vite découragé. J'ai littéralement oublié cette idée. Je n'en suis pas fier, mais c'est tellement compliqué pour moi de témoigner de mon combat à travers ces quelques pages. Très fréquemment, je ressens les choses et les événements de façon différente d'un jour sur l'autre. J'ai parfois peur de me contredire ou de mal informer le lecteur sur ce qu'est une vie engloutie par la mucoviscidose. Je ne veux pas non plus générer une sorte de pitié ou de compassion déplacée. Je ne veux pas que l'on me lise à travers la simple image mentale d'un malade. Je veux que Jérémy soit Jérémy et que la mucoviscidose fasse partie de Jérémy et non le contraire, même si j'ai parfois du mal à faire le tri dans tout ce fatras de souffrance qu'est ma vie. De plus, tout ce que j'écris n'engage que moi. Je tiens à respecter le combat de chacun contre la maladie. Je ne cherche, en aucune manière, à choquer qui que ce soit, lorsque j'exprime des idées allant à l'encontre des opinions courantes ou que j'utilise des mots crus. Ils sont bien plus parlants que les bonnes paroles apaisantes et réductrices prononcées par certains politiciens, par exemple. C'est tout. En résumé, après m'être découragé, après avoir « enterré » mes écrits, me revoilà. Vivant…

Hé, Jérémy,
tu te souviens de tes sept ans ?
L'âge de raison, qu'ils disent…
Ben, moi,
j'en ai fait l'âge du pancréas, pour toi… Plus original, non ?
Alors, tu t'en souviens du mal de ventre provoqué par ton pancréas ?

Là aussi, les grands cons de ton entourage ont dit que j'en étais la responsable.
Je ne les aime pas,
les grands cons de ton entourage,
Figure-toi.
Depuis des dizaines d'années,
ils font la quête,
parce qu'ils espèrent
un jour me détrôner.

Bref, enfin, oui,
souviens-toi.
Ce jour-là,
tu te roulais par terre
dans le couloir menant à ta chambre.
C'était le premier épisode
très douloureux de ta vie.

Pour un peu,
j'en aurais eu des remords,
dis donc.
J'ai failli me faire avoir
sur ce coup-là.
Ben oui,
un petit homme de cet âge-là
dans cet état-là,
ce n'est pas toujours facile
à assumer pour moi,
quand même.
Ok, c'est mon boulot
de vieille saloperie de maladie,
mais bon…
Je me suis ressaisie.

1er mai 2009
La vie avant tout.

Aujourd'hui, je n'ai pas envie d'offrir ou de recevoir des brins de muguet. Je vis toujours à la date du trente Avril. Cela fait deux ans que Grégory Lemarchal nous a quittés. Je ne fais pas partie de ces gens qui refusent d'y penser afin de ne pas pleurer. Je fais plutôt partie des gens qui y pensent même s'ils doivent en pleurer. Je préfère avoir la tête dans le sac, le cœur déchiré et les mains qui tremblent. Je préfère souffrir mais ne pas oublier, nier l'évidence ou faire partie de ces gens superstitieux qui ferment les yeux. Grégory Lemarchal était né un treize mai. Il est le plus connu de tous ces malades résidant désormais au-delà des apparences. Je n'en ai encore jamais parlé et pourtant il m'a beaucoup apporté. J'ai eu, et aurai toujours, une grande admiration pour lui, pour ce qu'il a su être et ce qu'il a su faire, malgré les difficultés de sa vie. J'ai également un très grand respect pour ses parents qui s'efforcent de continuer le combat contre la mucoviscidose, pour leur fils, mais aussi pour tous les autres malades. Grégory Lemarchal nous a donné le ton. Il a été le chef d'orchestre de notre petite communauté appelée « les mucos ». Souriant, discret, talentueux, combatif, il était tout à la fois. Sa réussite a été exemplaire et il était important pour nous, semblables à lui, de savoir qu'il était touché par la maladie. S'il avait été présenté comme un indemne, le regard du public français sur ce jeune homme aurait été différent. Ce regard n'était ni celui de la pitié ni celui de la compassion, mais, avant tout, celui de l'admiration et de la reconnaissance. La première fois que je l'ai vu à la télévision, j'ai pleuré des larmes de gratitude. Je me suis dit qu'il réalisait son rêve, et que moi aussi, sans doute, j'avais la possibilité de réaliser le mien. Il a démontré que la mucoviscidose ne se résumait pas à « la greffe ou la mort », mais se construisait sur une maxime du style « la vie avant tout ».

Il m'a souvent été fait des réflexions pleines de mansuétude du genre : « A ta place, je ne pourrais pas ». Parce que vous croyez que je peux, moi ? Des dizaines et des dizaines de fois, j'ai souhaité mettre un terme à ma vie. La maladie m'entretient dans une trop grande confusion et je m'y suis perdu de nombreuses fois. Je voudrais parfois oser répondre à ces gens que, moi non plus, je ne peux pas. Si j'étais seul au monde, j'aurais quitté ce long combat depuis des années. J'ai puisé mon énergie là où il m'était possible de puiser. Je n'ai pas en moi toutes les ressources nécessaires, mais jusqu'ici, je me suis toujours bien gardé de le dire. Je me contente de répondre sans façon qu'on ne m'a jamais donné le choix et que mon instinct de survie me pousse à chasser toujours plus loin les limites de la maladie. Si j'avais eu à choisir, peut-être que je ne serais pas là à raconter mes soucis de lutteur infatigable bien que fatigué. Si cela ne dépendait que de moi, je n'aurais jamais connu l'ombre de cette putain de mucoviscidose, ni tout ce que l'on ne montre jamais à la télévision, mais qui, pourtant, est le plus beau de notre combat. Je n'aurais jamais connu ce que la mucoviscidose nous permet de découvrir. Qui sait ? Je serais peut-être en train de lire l'auteur de ce livre qui ne serait pas moi. Aujourd'hui, j'ai tourné et retourné ma vie dans tous les sens. J'ai exploré le fin fond de mes pensées. Je me suis permis de réaliser mon rêve. J'ai connu l'amour et la haine. J'ai été traversé par la souffrance. J'ai rencontré la mort. Ma vie est la somme de toutes ces émotions et de tous ces sentiments. Elle est définitivement fabuleuse. Si j'avais le choix, tout me pousserait à éviter cette vie de malade, mis à part la simple curiosité. Pourtant je ne regrette rien. La raison principale en est le pardon. Comme toutes ces femmes battues qui ne cessent d'excuser leurs agresseurs, moi, je pardonne à Madame Muco, parce que je l'ai toujours eue. Cette vieille connaissance n'est pas comme toutes les autres maladies. Quand elle ne me met pas le moral à zéro, elle me donne la force d'aller plus loin. Cela peut paraître paradoxal. La maladie fait partie de moi. Je ne serais pas ce que je suis, si je n'étais pas touché par elle. Ma vie s'est faite grâce à et au dépend de la mucoviscidose. Chaque matin, je me suis levé avec elle. Pouvoir respirer normalement, je ne sais tout simplement pas ce que c'est. La synthèse de mes dix-neuf années de vie se résume dans le constat que plus je vieillis, plus la maladie s'empare de mon corps. Plus elle s'empare de mon corps, plus je lui suis reconnaissant de me dicter la bonne direction, voire la conduite à tenir. Souffrir fait partie de mon quotidien. Ma maladie m'a permis d'apprendre des choses que j'aurais toujours ignorées si j'étais né indemne. Étrangement, parfois, je suis bien dans ma tête, bien dans mon corps et bien dans mon esprit, parce que j'ai été plus loin dans la compréhension des autres. Ce chemin-là n'a véritablement pas de prix. Enfin, si. Un. Celui de la souffrance.

8 mai 2009
Une vie de chien en chambre de survie.

Cette nuit, je me suis payé le luxe de dormir sans tous mes tuyaux. Je n'ai pas mieux dormi. J'ai juste dormi tout court. Ce n'est plus ces tuyaux qui me réveillent en pleine nuit. Ce sont mes pensées et mes besoins surdimensionnés. Je suis soulagé de ne pas avoir été réveillé par la grande douleur habituelle au niveau de mon estomac. Quand je mets la sonde, je me réveille avec l'estomac plein, certes, mais les douleurs qu'elle me provoque tout le reste de la journée sont totalement insupportables et indescriptibles. En plus, dans mon cas, sans tuyaux veut dire sans oxygène. Au réveil, je me retrouve sans souffle et fatigué. Dès que j'ai ouvert un œil, je me suis immédiatement branché. Ce soir, c'est sûr, sans faute, je me brancherais. Résultat des courses, je suis attaché à cette machine qui fait un bruit du tonnerre de Dieu et qui pèse quinze kilos. La chose rassurante, au moins, est que je n'ai pas à la porter. J'ai sept mètres de fil pour faire ce que j'ai envie de faire. La laisse n'est pas bien longue dans cette vie de chien. Mais, en compensation, j'ai l'impression d'être logé dans l'utérus de ma chambre de survie et nourri par un cordon ombilical salvateur.

Chaque jour, je monte sur ma balance. Je ne regarde même pas du côté des kilos. Je suis lucide. Je ne rêve pas. Je me contente d'épier les centaines de grammes que je suis susceptible de gagner. Mais je ne vois rien. Qui se rend compte que ça va faire un mois que je m'enfile cette saloperie de tuyauterie tous les soirs ? Que je respecte à peu près les horaires ? Que je m'arrange pour poser la sonde même quand je suis chez des amis ? Qui se rend compte que ça va faire un mois que je me réveille avec un atroce mal de ventre ? Que je n'avale rien, ou presque parce que la sonde me suffit ? Et que le résultat est que je ne gagne rien ? Quand je regarde les gens qui se plaignent de rhinite, il m'arrive de rêver de les voir souffrir d'avantage, pour qu'enfin ils prennent conscience que le corps humain est capable de supporter bien plus qu'un rhume des foins. Il y a tellement de choses qui font que je me sens de plus en plus différent des autres ! Plus j'avance, plus j'en vois. Plus j'en vois et plus j'ai envie d'en voir. L'indemne ne me suffit pas. Il n'a pas une once de l'énergie qu'exige la maladie. Ses yeux ne brillent pas assez. Il est bien trop égoïste. Je ne passe pas ma vie à en vouloir à ces indemnes, mais il y a quand même des gens qui méritent de bons coups de pied au cœur.

10 mai 2009
Je serai peut-être le dernier des mucos.

Aujourd'hui, j'ai passé plus de temps à table que sur l'ordinateur. Si avec ça, je ne prends pas quelque trente grammes ! Demain une nouvelle semaine commence. J'espère qu'elle sera plus heureuse que cette dernière. J'ai vraiment passé de durs moments. Depuis lundi dernier, je suis encore en cure d'antibiotiques. J'ai donc été hospitalisé afin de prévenir toute allergie potentielle. Je ne m'étais pas vraiment préparé à être hospitalisé. C'est arrivé beaucoup trop vite. Habituellement, je me laisse un peu de temps pour me préparer au rituel des deux jours coupés du monde.
Vers onze heures, les infirmières sont venues m'injecter deux sortes d'antibiotique. Tout s'est presque bien passé. Après la deuxième injection, j'ai eu de méchantes démangeaisons, comme lors de ma dernière allergie. L'interne est venu m'examiner. Au bout de quelques heures, tout a disparu. Cela m'a donc rassuré. La nuit fut longue, mais j'avais emmené de quoi m'occuper. Quelques films, mon baladeur avec mes auteurs et compositeurs préférés, tout ce qu'il faut pour écrire. Malheureusement, l'inspiration ne m'est pas venue. J'ai allumé la télévision. Il n'y avait rien de bien intéressant. J'ai éteint. Pas de sommeil en vue. J'ai rallumé l'appareil. Rien. J'ai de nouveau éteint. Je me suis finalement endormi aux alentours de deux heures du matin. A six heures, les infirmières de nuit sont venues me brancher la seconde perfusion de la journée. Cette fois, une seule sorte de molécule remplace la dernière, mais j'ai droit à trois injections quotidiennes. Comme je

n'ai eu aucune réaction, j'ai pu quitter l'hôpital dans la journée du mardi. Une fois rentré chez moi, je suis allé consulter mon courrier électronique, lire les commentaires déposés sur mon blog, puis je me suis servi un petit soda. Le lendemain, pendant la nuit passée chez moi, nouvelles démangeaisons ! J'ai déclaré cette allergie à l'infirmière coordinatrice de l'hôpital. Nouvelle hospitalisation, nouvel antibiotique auquel je ne serai pas réactif, nouveau départ de l'hôpital vingt-quatre heures plus tard. Me voilà désormais farci d'un dérivé des deux premiers antibiotiques. Vive la médecine moderne. Je m'efforce de garder le sourire malgré les moments difficiles que je traverse chaque jour. Je m'y emploie tellement que samedi soir, accompagné de mes deux meilleurs amis, je me suis bien défoulé. On a la chance d'être voisins. Ma mère était absente. Ils sont venus à la maison. Nous avons mangé ensemble, puis nous sommes montés dans ma chambre regarder deux films. La soirée fut bien arrosée. Il faut que jeunesse se passe, après tout. Mais l'enfer est revenu d'un coup. Je viens d'apprendre que j'ai encore perdu une copine atteinte de mucoviscidose. Une de plus. C'est triste de perdre des ami(e)s. C'est toujours triste, je n'apprends rien à personne. Mais depuis tout jeune, j'ai perdu des dizaines d'ami(e) s atteints de la mucoviscidose. Tous ces décès ont pour moi une signification à part. Ils me touchent d'avantage que les autres. Les victimes sont souvent très jeunes. Je ne m'y habitue pas. Il n'existe aucune accoutumance possible à ce genre d'événements. Mais, brutalement parlant, mourir adolescent ce n'est pas dans l'ordre des choses, merde ! Cela n'a rien de banal ou d'ordinaire de mourir à cet âge. En toute vérité, quand j'apprends ces nouvelles accablantes, je ne peux pas m'empêcher de penser que je serais peut-être le prochain de la liste. La dame noire à la faux finira bien par venir s'occuper de moi. Fatalement. C'est le mot. En plus, par la même occasion, je vois mon entourage diminuer. Je serai peut-être le dernier des mucos. Si ces messieurs de la recherche voulaient bien accélérer le mouvement, je continuerais de me battre pour ce que la vie a de plus beau. Mais il y en a vraiment assez ! Il faut que l'on arrête ce massacre qui n'a que trop duré. De surcroît, beaucoup de ces anges sont partis à cause d'un simple manque de greffons.

Comment faire comprendre à tous les indemnes à quel point le don d'organe est important pour les autres et que notre vie dépend de la leur ?

Comment ?

Dites le moi !!!!!!!!!

Jennifer attendait un greffon…

qui n'est pas arrivé…

Coralie attendait un greffon…

qui n'est pas arrivé…

Marielle attendait un greffon…

qui n'est pas arrivé…

Johann attendait un greffon…

qui n'est pas arrivé…

Grégory attendait un greffon…

qui n'est pas arrivé…

Et la vie, elle arrive quand, la vie ???

Bref, enfin, oui,
souviens-toi.
Ce jour-là,
tu te roulais par terre
dans le couloir menant à ta chambre.
C'était le premier épisode
très douloureux de ta vie.
Pour un peu,
j'en aurais eu des remords,
dis donc.
J'ai failli me faire avoir
sur ce coup-là.
Ben oui,
un petit homme de cet âge-là
dans cet état-là,
ce n'est pas toujours facile
à assumer pour moi,
quand même.
Ok, c'est mon boulot
de vieille saloperie de maladie,
mais bon…
Je me suis ressaisie.

Enfin, il nous a marqués tous les deux,
cet épisode, hein ?
Mais, au fait,
que pensais-tu de moi à l'époque ?
Est-ce que j'étais déjà ton ennemie jurée ?
Ou bien tenais-tu pour responsable
ces putains d'enzymes pancréatiques
qui n'avaient pas fonctionné
dans le bon sens ?

Oui, oui, je sais,
on n'aime pas les juges,
on préfère les avocats,
on n'aime pas les bourreaux,
on préfère les victimes,
on n'aime pas les maladies mortelles,
on préfère les infirmiers et les médecins
ou tout autre soignant qui se la joue « sauveur de
l'humanité et de ses misères,
sauveur de la veuve et de l'orphelin »,
et tout le tremblement…

Mais bon, il en faut,
des saloperies comme moi,
si tu veux qu'ils se croient des héros,
les bons hommes en blouse blanche
et les bonnes âmes qui se penchent
sur le malheur des autres,
hein, mon vieux…
Enfin vieux…
Pas sûr non plus
cette affaire…

18 mai 2009
La vie s'accroche à moi.

Quel soulagement ! Aujourd'hui, je termine ma cure. Et ce matin, j'avais rendez-vous pour faire de nouveaux EFR, constater si ma cure avait été efficace et à quel point. En ce moment, tout me sourit. Je crois que c'est la première fois. En tout cas, je n'ai pas le moindre souvenir de période plus heureuse que ces deux dernières semaines. La vie s'accroche à moi, et je la laisse faire bien volontiers. C'est bon ! C'est doux ! Il faut dire aussi que, dans deux jours, je m'envole pour l'Espagne. A part ces quelques mots, je ne pense qu'à mon prochain voyage. Ici à Lille, il fait un temps pénible à supporter. Mais il y a des choses qui commencent à s'entasser dans ma valise. Petites chemisettes de coton, shorts, pantalons légers, polos, casquette, lunettes noires, tout pour vivre heureux et rire au soleil. Dès mon retour, je serai de nouveau hospitalisé pour mon bilan annuel, et, cette fois, avec échographie, scanner, prise de sang, et tout le tremblement. Peu importe. Je suis tellement heureux de pouvoir retrouver le soleil !!! Ce mois de mai a été sacrément chargé en émotion. Je ne me suis pas ennuyé. C'est peu dire même.

Lundi 25 mai 2009
Fini le chapeau. Bonjour les tuyaux.

Ce matin, à huit heures tapantes, je suis descendu brutalement de mon nuage espagnol. J'avais rendez-vous à l'hôpital, pour une échographie somme toute banale. Je n'ai pas appris de mauvaises nouvelles, même si je me serais bien passé de certaines découvertes. Mais, bordel, qu'est-ce que je me suis senti tout petit, tout fluet et tout malingre face à ces gens ! Fini le chapeau de paille, les copains qui rigolent, le tatouage au soleil, les copines qui pouffent de rire à tous moments, le farniente à l'ombre et les belles espagnoles au bord de la fontaine qui chante la mélodie du bonheur ensoleillé des beaux jours d'amitié et de joie. Bonjour les tuyaux, les infirmières, les trois desserts par repas et la dégringolade au dernier sous-sol de la vie sombre et glacée de mes angoisses irrespirables. Le pire, ce fut Lundi, quand l'une des infirmières coordinatrices m'a vu arriver dans le couloir. Elle m'a dit : « Alors le vacancier, c'était bien ? » Je lui ai répondu que oui, que c'était super et que j'étais bien triste de rentrer. Et devinez ce qu'elle m'a dit ? « Eh oui, retour à la vraie vie »…Quelle ignominie ! J'ai pris une monumentale claque dans la gueule. Sidéré de tant de froideur, je l'ai fixée avec insistance et lui ai dit : « La vraie vie ? Vous avez dit « La vraie vie » ? Ah bon ! C'est ça, la vraie vie ? ». La vie ? La vraie vie ? A raison ou à tort, je l'emmerde. C'est une belle ordure qui ne me laisse aucun répit. Je n'ai vraiment pas envie de m'attarder sur les nouvelles, ni celle de me plaindre. J'ai encore moins envie que les gens connaissent les petites complications qui surgissent. Je m'en moque. Malgré

mes souffrances, cette vie, je l'aime comme un fou. J'aime les films que je regarde tard le soir, un verre à la main. J'aime les soirées entre ami(e) s et les réunions en famille. J'aime discuter au téléphone. J'aime retomber avec mélancolie dans mon passé fragile. J'aime les matinées que je passe au bord d'un lac, alors que la ville est encore au milieu d'un profond sommeil. J'aime les canards qui se dandinent près du lac, sous un soleil qui luit comme il peut, au plus cotonneux des nuages bas de ma région. J'aime.
La semaine précédente en Espagne m'a fait un bien fou. Ce n'était pas gagné, pourtant. Il a fallu que je traîne mes médicaments et passe pour une véritable pharmacie ambulante. Je me suis efforcé à engloutir bien consciencieusement les milliers de calories de la nutrition entérale chaque nuit. Le plus ahurissant de l'aventure fut la forme que je gardais. Je me suis étonné moi-même en me voyant tenir tout au long de la journée. J'ai réussi à me lever chaque matin tout en me couchant relativement tard. Les soirées étaient douces et lumineuses de joie. Là-bas, j'ai passé la plus belle soirée de ma vie. J'en ai sûrement passé des milliers d'autres aussi réussies ? J'ai dû les oublier. Mais là… Cette soirée… Inoubliable… Rires, chansons, blagues, fous rires, pirouettes verbales en tout genre, et boisson… La totale… Mais surtout, l'amitié… La totale aussi…
La mucoviscidose est la plus grosse fange dans laquelle un enfant peut être balancé. Elle n'épargne rien. Aucun organe, aucune partie du corps, aucun recoin de mon être. Elle s'immisce partout, elle furète comme une folle. Rien n'échappe à la maladie ! Rien ! Mais j'ai trouvé la parade. Je lui échappe par mes mots. Déjà neuf mois que

je couche dans ces pages mes coups de bourdons, histoire de tenter de les anesthésier. Et quand je n'écris pas, je ne cesse pas de penser à écrire. D'ailleurs, en ce moment, je n'arrive pas à écrire. Cela doit être tout simplement parce que je suis heureux. Finalement, ça ne facilite pas l'écriture d'être heureux. Je ne me retrouve pas dans mes écrits et je déteste cela. Mon esprit est clair malgré les petits ennuis de la vie face auxquels tous les indemnes sont impuissants. Tout me réussit. Je devrais en être heureux, mais je ne suis pas fait pour ça. Tout est beaucoup trop simple. C'est louche. Pas l'habitude, moi.

7 juin. 23 h 53
Peur de l'oubli, peur dans la nuit.

Je n'ai rien prévu pour la semaine qui vient, sinon reprendre quelques heures de conduite afin de réussir l'examen fin Juin. C'est ce qui compte le plus pour moi en ce moment. Ce soir, on m'a encouragé à continuer d'écrire. Je ne sais pas si c'est ma destinée. J'aime retranscrire fidèlement et précisément mes idées, mes pensées, ma tristesse et ma révolte envers la vie. Est-ce pour autant ça, être écrivain ? Dans le même courrier, on m'a demandé si j'avais peur de mourir. Je me suis souvent posé la question, tout au long des dix-neuf années de ma courte existence. Je ne tomberai pas dans la facilité d'un « il faut bien partir un jour ». J'abhorre cette expression utilisée par les bien portants qui ne font que détourner certains sujets qui les dérangent. Ils tentent de se persuader de la réalité de la mort, mais ne savent même pas ce qu'elle représente. Ils n'ont aucune idée du réel travail psychologique que nécessite ce départ définitif qu'est la mort, ou même l'acceptation du fait qu'elle n'est pas tout à fait loin, voire imminente, voire présente. Mais, il y a encore plus frustrant. Bien que nous soyons conscients que la mort est inéluctable, et bien qu'on en connaisse les différentes causes potentielles, cela ne nous empêche pas de brûler la vie par les deux bouts, et souvent de manière beaucoup trop aberrante. Bien sûr, en écrivant cela, je pense plus particulièrement aux fumeurs. Le fait qu'ils utilisent une incessante ironie, pour évoquer le risque de cancer dû au tabagisme, prouve qu'ils se moquent de la probabilité de le déclencher un jour. Bien sûr, toute seule, la probabilité de cancer est une menace ridiculement insuffisante. On ne peut pas, sous prétexte que le cancer existe, se résigner à ne jamais fumer. Mais les fumeurs qui jouent à essayer de se rassurer à coups de « tous les cancéreux n'ont pas fumé », me consternent. Les plus affligeants sont les médecins qui fument. Ils savent pertinemment ce qu'ils font, du moins, je l'espère. Alors pourquoi fument-ils ? Inutile de leur rappeler de ne pas fumer. J'aime l'ironie, j'en suis fou amoureux même et je m'en sers très souvent pour me moquer de moi. Mais la raison pour laquelle je l'utilise ne dépend, et n'a jamais dépendu, que de moi. Tout le contraire du tabagisme. L'exemple du fumeur est le plus connu. Mais il y en a tellement d'autres…

Pour en revenir à la question posée, j'ai d'avantage peur d'être oublié que peur de mourir. J'ai déjà évoqué cette peur plus tôt dans le livre. Après tout, ce sujet est l'aboutissement de toute une vie. Peur de mourir, ça signifie quoi ? Peur de là où j'irai ? Peur de souffrir lorsque je partirai ? Peur de ne plus faire partie des réunions de famille ? Peur de ne plus rigoler avec les ami(e)s ? Peur d'être le prochain convoqué au point de non retour ? Non, je crois finalement que je n'en ai pas peur. En revanche, je redoute la dégradation inéluctable de ma santé. Du jour au lendemain, tout peut se détériorer. La règle numéro un de ce jeu de cache-cache avec la mort, c'est de tenir le moral, lequel moral, bien que décisif, varie souvent en fonction de l'état de santé dans lequel je me trouve. Je joue à qui perd gagne avec Madame Mucoviscidose. C'est un réel parcours du combattant que de se lever en forme chaque matin, vous savez. Ah non, zut, cher lecteur indemne, vous ne savez pas.

9 juin 2009.
Stérile ou pas stérile ?

Ce soir, je suis un peu chamboulé. Un lecteur m'a envoyé un commentaire dont les mots me sont allés droit au cœur. J'en éprouve de la reconnaissance. Il m'a touché profondément et je suis fier de pouvoir donner dans mes écrits ce que beaucoup de gens recherchent. Ils n'ont pas besoin d'espoir. Ils ont besoin de courage. Je ne suis pourtant pas toujours si courageux que ça. Je n'ai jamais tenu à entretenir la naïveté des gens qui prennent de leur temps libre pour me lire. Au contraire, je souhaite témoigner de cette injustice qu'est la maladie, tout comme peut l'être celle de la pauvreté, ou une quelconque autre différence. Je suis parfois trop direct, mais je suis persuadé que c'est de cette façon-là qu'on se forge une carapace et que l'on peut lutter contre certains événements douloureux de la vie.

A propos de douleur, je crois qu'il est temps de me pencher sur la partie la plus intime des symptômes de la mucoviscidose. Quatre-vingt-dix-huit pour cent des hommes porteurs de la mucoviscidose ne peuvent pas avoir d'enfants. Beaucoup dépriment pour cela et d'autres se disent qu'ils pourront toujours adopter un enfant. J'ai appris ce « détail » en même temps que j'ai découvert que ma maladie ne se guérit pas, c'est-à-dire à l'âge de onze ans, si mes souvenirs sont bons. Je ne sais pas si je fais partie de ces quatre-vingt-dix-huit pour cent, mais parfois j'aimerais bien le savoir. Stérile ou pas stérile ? Je peux toujours faire un test, mais je crois qu'inconsciemment je préfère ne pas savoir et attendre le moment venu. Après tout, qui sait ? Peut-être que je me trouve dans les deux pour cent restants ? Approximativement, une personne sur deux mille cinq cent naît avec la mucoviscidose. Il a fallu que cela tombe sur moi. Alors, peut-être que je peux espérer une descendance. Pour le moment, cette annonce ne m'a pas rendu malade, si je puis dire. Je trouve cela bénin par rapport aux autres épreuves que j'ai et que je serai amené à traverser. Il est possible que je ne me sois pas encore rendu compte du poids que cela représentait. Je peux déprimer, accuser le monde entier, tout tenter, mais les statistiques ne bougeront pas. Alors, j'accepte, je me fais à cette idée et je tente d'oublier. Je pense à une chose plus gaie. Je me console en me disant que j'ai des frères et sœurs géniaux et deux petites nièces adorables. C'est moins grave que beaucoup d'autres malheurs. Dans ces moments-là, je prétends que ce n'est pas l'âge, mais l'intensité de ce que l'on a vécu, qui force le respect. Il est vrai que je n'aurai pas une vie qui fait rêver. Je m'aperçois même, au fil de son écriture, que ce livre peut me dévaloriser. Plus le lecteur avance dans sa lecture, et plus il en apprend sur moi et ma maladie, ce qu'elle lèse en moi, les pensées qu'elle me crée et l'intolérance dont je suis capable de faire preuve. Il est évident que je ne suis pas « Monsieur tout le monde ». Malgré le regard pessimiste que certains peuvent avoir sur ma vie, je sais que cette vie compte aux yeux de ma famille, de mes ami(e) s et de mes lecteurs. Tout comme la leur compte à mes yeux. J'écris ce livre pour tâcher d'être « quelqu'un » à part entière malgré tous les obstacles connus et à connaître. Je veux avoir cette fierté d'être édité puis lu.

Mais bon, il en faut,
des saloperies comme moi,
si tu veux qu'ils se croient des héros,
les bons hommes en blouse blanche
et les bonnes âmes qui se penchent
sur le malheur des autres,
hein, mon vieux…
Enfin vieux…
Pas sûr non plus
cette affaire…

Pour t'avoir suivi toutes ces années,
Jérémy,
j'espère et je m'octroie
le pouvoir de dire
que je fais partie de toi.
Ben oui,
je ne suis pas peu fière, là,
puisque je constate,
avec reconnaissance,
que tu en veux d'avantage à la vie
qu'à moi
et qu'à la mort.
Alors, là,
tu vois,
on peut dire
que c'est une belle histoire.
Et c'est moi qui l'ai fait !!!
Je te suis, vraiment,
mais vraiment,
sincèrement
très reconnaissante.

11 juin 2009
Ode à la survie.

Nous revoilà, mes cauchemars récurrents, mes idées morbides et moi. Je me réconforte du tirage au sort minable dont j'ai été autrefois l'objet par le truchement de mon clavier. C'est la meilleure façon de libérer mes idées sur le papier. J'aime utiliser cette échappatoire qui va jusqu'à éradiquer mes peines et me combler de joie. Il trie les chapitres de ma vie au gré de mes idées dans des dossiers protégés. Étrangement, je sens que cette nuit sera blanche, comme beaucoup d'autres nuits durant lesquelles mon esprit dévoile la noirceur de son désespoir. Mon âme traverse le temps à travers le blanc et le noir. Le jour ou la nuit. Pile ou face. Soit je meurs, soit je survis. Ce tout ou rien résume bien l'impossibilité de voir ma destinée s'éclaircir. C'est le thème du livre de ma vie, la véracité de ma pensée. Accablé de cette souffrance, je m'en vais chercher mes mots entre mes bronches et mon cœur, mon foie et mon pancréas, mes tripes et mes couilles. Prisonnier de cette différence, allongé face au poids du fardeau à jamais confié, je gis au milieu d'une perpétuelle rengaine pour interminable solitude qui taraude ma tête et traverse mon sang. Une fois de plus, je laisse parler mon cœur. Libre à lui d'autodétruire les sentiments sains qu'il est capable d'éprouver. Je laisse ma maladie dicter à mes mains le chemin à suivre. Tant pis si ce soir devait être un soir de fête. S'il faut que je pleure pour me débarrasser de mes idées noires, je le ferai. Ma maladie est la boussole de mes écrits, la source de mon inspiration. Mes mains cueillent des lettres qui donnent naissance à des mots.

Ces mots s'en suivent, tristes, joyeux, parfois difficiles à lire, souvent plus faciles à écrire qu'à penser. Nul doute, écrire c'est la purification de mon esprit, la dialyse de ma vie.
Une mélodie venue tout droit d'un vinyle me berce et influence mon esprit. Elle me guide vers un chemin dénué de difficulté, à des années lumières d'où je réside, d'où me battre est une évidence et renoncer n'est conjugué qu'à un irrespirable passé. Cela me fait tellement mal lorsque je suis contraint de m'y replonger. Ce passé m'a permis d'accorder de l'importance au présent, mais me fait suffoquer à l'idée de ne pas avoir assez de souffle pour jouir d'un quelconque avenir. La mélopée me touche, me pénètre et vit en moi. Pour la première fois, les battements de mon cœur sont réguliers. Ils servent de métronome à l'élan de motivation qui s'empare de ma nuit. Je me sens fort. Je suis serein. En cet instant présent, me voilà libéré de toute souffrance. Je peux deviner chacune des notes et bats des pieds au rythme des percussions. La vie. La voilà, la vie ! Minuit sonne à l'horloge des vies assoupies de ma famille alentour. Ces trente-trois tours de danse ne me font pas oublier que je ne dois pas troubler le sommeil de leurs corps endormis. Mon organisme renaît de ses plaies. Le bonheur me possède. J'en suis la personnification même. Il me fait virevolter et sautiller par-ci par-là. Ma rengaine perpétuelle laisse place à une soudaine unicité. Je revis en silence, mais je revis. La musique me contient. Me voilà obsédé par les quatre-vingt-cinq touches du piano. Mon cœur est chef d'orchestre et mes poumons se surpassent. Les crépitements du mucus qu'ils contiennent ne me sont plus perceptibles. Envolée désormais la

solitude d'une âme en quête. Disparue l'interminable envie de surmonter l'insurmontable. Une fois libéré, l'insurmontable n'existe plus. Je me sens enfin libre et, curieusement, enfin l'otage d'une société qui me répugne. Je suis comme tous ces gens dont les ficelles sont tirées, peu ou prou, par leur trop-plein de responsabilités. Enfin libéré de l'esclavage d'un jeu morbide dans lequel ma vie n'est que le premier prix. Les applaudissements ont pris le contrôle de ma toux. J'aime, donc je bouge. Je vis, donc je ris. Je ne survis plus. Je revis. Mais ma liberté cesse à mesure que les craquements du vinyle s'atténuent. Ils font place à un insoutenable silence. La lourde peine dont je suis victime retombe. Le brillant musicien a disparu. Le public s'est tu. Les lumières sont éteintes. La musique m'a quittée.

Ma respiration de malade suffocant se fait à nouveau entendre. Je suis un petit poucet du vingt et unième siècle qui, pour se retrouver, utilise des cailloux très spéciaux appelés quintes de toux. Deuxième porte à gauche au sommet des escaliers. Ces gens que j'aime, qui m'entourent mais qui pourtant ne me connaissent pas, ou si peu, dorment à poings fermés. De quoi peuvent-ils rêver ? Je suis si désireux de le savoir, moi qui admets honteusement rêver d'une vie comme la leur, une existence menée tambour battant au dépend de celui qui la traverse, et non au dépend d'une maudite anomalie génétique. Solitude.

13 juin 2009
Faites-moi rire. Pleurer, c'est déjà fait.

« Celui qui souffre seul, souffre surtout par imagination, mais l'âme dompte aisément la souffrance, quand sa douleur a des camarades d'épreuves. » Voila ce qu'écrivait W. Shakespeare. « Seul », un adjectif que j'estime largement. Il permet la réflexion qui offre bon nombre de réponses aux questions pour le moins légitimes que l'on se pose. Pourtant, je les enterre aussitôt quand je suis en société, par peur de choquer ou peut-être même d'être exclu d'un monde hostile à la différence. Je n'ai encore jamais trouvé quelqu'un qui partage autant ma façon de penser. Je suis seul au milieu de la ville qui s'affaire à suivre son train-train quotidien, celui que je redoute tant, seul comme dans les moments où la trotteuse mène par le bout du nez l'âme endormie de mes proches, tout simplement seul. Cette solitude bien réelle semble, pour mon entourage, être une illusion, une idée entretenue par ma maladie. Je serais donc en proie à la paranoïa en plus ? Je ne peux y croire. Je le refuse. Cette perpétuelle solitude n'a pas d'apparence physique. Elle paraît ne pas exister et pourtant elle m'oppresse et m'isole d'un monde qui, malgré cela, me paraît parfois sympathique. Elle est comme une femme invisible qui aurait main mise sur ma vie.

Avons-nous tous nos « camarades d'épreuves » comme l'évoque Shakespeare ? Je ne crois pas que les miens existent. Ou bien peut-être qu'ils n'existent plus. Ils ont disparu le jour où les symptômes de ma pathologie sont apparus. Auraient-ils flanché devant l'obstacle ? Ces symptômes m'ont été attribués contre mon gré. Ils se sont

accaparés de mon corps. Ils ont conditionné ma personnalité et, de surcroît, ils gèrent à présent le reste de ma (sur)vie. Après tout, qui ne prendrait pas la fuite face à une telle situation ? Peut-être qu'au-delà de mes airs de jeune homme franc et courageux et de mes airs de gladiateur au service de son impératrice, je n'espère qu'une chose de la vie. Qu'on réussisse un jour à mettre ma mucoviscidose en échec. Tiraillé d'un côté par la vie qui m'attire et de l'autre par une mort qui me désire, je me suis créé mes camarades à moi. Mon âme est morcelée pour mieux essayer de dompter mes douleurs et les supprimer définitivement. Mais, est-ce vraiment possible de dompter l'indomptable et de dresser la maladie comme d'autres dressent un fauve ? N'est-ce pas moi, la bête de foire, le lion du cirque qui saute vaillamment à travers les anneaux de feu de sa vie ?
Shakespeare a-t-il eu tort de penser que la souffrance dans la solitude vient de l'imagination ? Cela voudrait dire alors que notre entourage détient les clés de notre liberté, connaît les éventuelles réponses à nos questions et pourrait donc soigner nos blessures. Mon expérience m'a appris que la véritable interrogation niche dans la volonté qu'a le patient de vouloir guérir, mais, surtout, du degré de solitude et de souffrance dans laquelle il se trouve. Serait-il possible de panser les plaies d'un malade seul et totalement découragé, par la simple présence d'une dizaine de personnes, aussi motivées soit-elles ? Pourraient-elles lui permettre de surmonter sa détresse, sa maladie ou sa mort, ou bien encore les trois réunies ?
Peut-être que l'explication la plus simple est que Shakespeare ne connaissait pas la maladie, ou en ignorait son emprise. De son temps, la mucoviscidose était

inconnue, puisque seule la peste et la lèpre étaient vraiment connues des médecins. Les temps ont bien changé depuis. Je me demande parfois si c'est réellement rendre service aux malades que d'avoir porté au grand public leur différence génétique. La maladie provoque la compassion ou la pitié. Nous sommes des numéros identifiés, des pestiférés classés dans les dossiers de la société. Puisse la maladie ne plus être tabou un jour, ne serait-ce que pour faire évoluer l'humanité. Aujourd'hui, près de quatre cents ans après la mort du dramaturge anglais, le malade continue de demeurer seul du début à la fin. Il est seul parce qu'il sait qu'il mourra seul. Tout le monde meurt seul, mais tout le monde ne le sait pas encore. Ce monde ne pense pas à la mort chaque jour. Tout est là. Certains appellent cette différence de point de vue conscience, d'autres pensent que cette connaissance leur donne vingt ans d'avance. Voilà très certainement pourquoi le malade s'isole et se sent si différent. La façon pour le moins originale qu'il a de raisonner vient du fait qu'il sait, parce qu'il connaît. Il a déjà vu le noir de la vie, ou, tout bonnement, il en soupçonne l'existence. Les autres, les esclaves de la monotonie, suivent un chemin sans difficulté ni rebondissement. Je sais que ma mort ne peut pas être plus triste et plus douloureuse que ma vie. Je m'en réjouis, sans aucun doute, même si je me reconnais à travers toutes ces pages noircies par le temps, la peur et la vie. Loin de moi l'idée de me torturer l'esprit sur de tels sujets, mais je ne connais que trop bien tout ce que j'évoque ici. La mort non accompagnée est le sort qui est réservé à chacun. C'est d'ailleurs intensément dramatique. En toute honnêteté, je pense que l'entourage qui se réunit autour du lit d'un mourant n'est qu'une façade indélicate qui sert à conforter leur conscience, car eux, ils devront rester. C'est d'une terrible tristesse. Leurs espérances sont inutiles mais ils continuent d'espérer qu'il y aura une deuxième chance après ce « bip » tant redouté. Ce bip, libérateur pour celui qui le provoque, mais sans doute interminable pour les gens qui nous aiment, signale notre premier et tout dernier départ. C'est ce mystère d'une mort prématurée qui me pousse à faire de ma vie quelque chose d'unique et qui me pousse à vivre quelque chose que tous ne peuvent ni connaître ni même comprendre. Trop occupés à entrer dans les rangs de la conformité, peut-être ?

**Pour t'avoir suivi toutes ces années,
Jérémy,
j'espère et je m'octroie
le pouvoir de dire
que je fais partie de toi.
Ben oui,
je ne suis pas peu fière, là,
puisque je constate,
avec reconnaissance,
que tu en veux d'avantage à la vie
qu'à moi
et qu'à la mort.
Alors, là,
tu vois,
on peut dire
que c'est une belle histoire.
Et c'est moi qui l'ai fait !!!
Je te suis, vraiment,
mais vraiment,
sincèrement
très reconnaissante.**

N'empêche,
ne rêves pas,
non plus, hein.
Je dois, malgré tout,
te dire que
le contrat stipule que,
dans un délai plus ou moins long,
je devrais de nouveau
m'en prendre à toi.
Hé oui,
chacun son boulot.
Et même que le contrat stipule que,
dans un délai plus ou moins long,
je devrais m'attaquer à toi
avec bassesse,
s'il le faut.
Ben oui,
chacun sa merde.
La mienne,
C'est faire souffrir.

15 juin 2009
Marre de la berceuse empoisonnée.

Je n'ai jamais autant détesté les dimanches qu'aujourd'hui. Tout est trop calme, triste, mal organisé. Voir les personnes les plus chères à mon cœur vivre perpétuellement cet éternel recommencement nommé « semaine », me terrifie pour eux. Lundi, Mardi, Mercredi, Jeudi, Vendredi : couplet. Samedi, Dimanche : refrain. Lundi, Mardi, Mercr… Quelle pauvre ritournelle ! Aujourd'hui, dans mon for intérieur, tout est perdu. Aucun espoir, aucune attente. Tout me lasse. J'ai trop chaud, je suis fatigué, je m'ennuie. Mes pensées les plus sombres profitent de cette vacance pour submerger mon esprit. La dernière cure m'avait été très bénéfique. Même mon enthousiasme était revenu. Mais cette attente de l'été qui, depuis, s'est rapproché, me fatigue. Je vais un peu moins bien maintenant. Je suis très vite essoufflé. « Tu devrais aller courir, bordel ! Mais cours, Jérémy, cours ! Chante, crie, lâche-toi ! Essouffle-toi et crache tes poumons s'il le faut ! Évacue ce mucus de merde ! » C'est cocasse. Je sais motiver ma tête, mon cœur, je sais me dire qu'il faut que je sois plus sportif, mais mon corps ne suit pas. Je reste assis là, à écrire et à me plaindre. Je ne sais pas de quoi je me plains d'ailleurs… Est-ce de cette maladie ? Est-ce de cet avenir incertain ? De cette mort certaine ? De toute cette douleur subie depuis dix-neuf ans ? Qu'est-ce qui fait de moi l'esclave de ces pensées ? Au fond de moi, il y a toujours la même rengaine. Vivre. Consumer cette putain de vie jusqu'à ce que la mort me retire enfin du jeu des vivants. Mon rêve serait de partir et de le faire comprendre à ma famille et à mes ami(e) s. Ma vie n'est pas ici. Elle est ailleurs. Elle appartient à la mucoviscidose. Chaque jour que Dieu fait, ma vie est dans les bras de Madame Mucoviscidose qui me susurre une berceuse empoisonnée et qui m'empêche de fredonner le même refrain que tous ces pantins que je croise chaque jour. Je veux vivre une belle vie, c'est-à-dire ne pas vivre aux crochets de la société. Je ne peux pas m'y résigner. Je ne dénigre pas tous ces gens qui s'en vont chaque matin travailler pour se payer un bout de pain en fin de journée. C'est courageux et normal. Il le faut et c'est admirable. Mais pour ma part, je ne suis pas sûr d'en être capable.

20 juin 2009
Permis de conduire. Permis de vivre.

Je voudrais réussir à conter mon histoire, mais j'en suis empêché par de drôles d'idées qui m'assaillent et ne me laissent pas tranquille. D'étranges sensations trop douloureuses, d'insupportables et beaucoup trop nombreux moments trop longs me reviennent à l'esprit. Mais, après tout, je suis ici pour moi. Une angoisse non liée à ma maladie me tient depuis plusieurs jours. Demain, je passe mon permis de conduire. Ce n'est qu'une petite épreuve, mais, aussi étrange que cela puisse paraître, j'ai du mal à l'affronter. Obtenir ce permis me permettrait d'acquérir un nouveau « statut ». Le soutien des gens qui m'entourent, malgré leurs bonnes intentions, ne fait qu'amplifier ma peur d'échouer. Je tiens à ce permis à un tel point qu'aujourd'hui, à la veille du jour « J », je ne conçois plus de m'en passer. Je ne supporterais pas de répondre « non » à leurs « alors, tu l'as eu ? ». Il est possible que j'échoue, bien sûr. Cela arrive à tout le monde, mais j'en serais malade. J'en suis convaincu d'avance. Même si je ne veux pas que nous en parlions, je prie mon entourage, si leurs occupations le leur permettent, de croiser les doigts pour moi tant qu'ils le pourront. Je n'ai jamais aimé les décomptes. J'ai horreur de ça. Je préfère me persuader d'un échec tellement je le redoute. Je n'ai pas passé des dizaines et des dizaines de concours. Ils se comptent sur les doigts de la main d'un mutilé de guerre. Mais par chance, ou par persévérance, je n'ai encore jamais échoué là où je m'aventurais. Alors, ce papier rose qui m'impressionne tellement, il me le faut ! Et comme si tout cela ne suffisait pas, à moins d'une erreur flagrante de ma part, il va falloir attendre deux à trois jours pour connaître la décision de l'inspecteur d'auto-école. Je me surprends à regretter de ne pas en avoir un dans mon entourage, tellement je crains de me pourrir l'existence en cas d'échec. Pourtant, je ne suis vraiment pas un tricheur. Mais je suis comme ça. Si j'échoue, je me sentirai à nouveau si petit, si piteux, si ridicule ! Bon, c'est bien simple, je n'ai pas le droit à l'erreur. Il faut que je me reprenne. Tout ça pour un fichu petit bout de papier rose…

Le plus grave, c'est que j'ai d'autres soucis. Je suis actuellement partagé entre l'envie de mettre un terme à la sonde nasogastrique, qui fait de mes nuits de réels cauchemars, et celle d'entretenir mon corps trop faible, trop vulnérable, trop désarmé. Mon expérience de la maladie et la sagesse qu'elle a fait naître en moi (?) me disent de continuer, bien sûr. Je sais pertinemment que si je m'arrête en si bon chemin, j'aurais perdu tout le bénéfice de mes efforts dans une petite quinzaine de jours. Mais d'un autre côté, je dors affreusement mal. Il manque à mon sommeil la quiétude que tout le monde connaît pour peu qu'il soit en bonne santé. J'en ai assez d'offrir toutes mes nuits à cette sonde qui me prive de la tranquillité dont tout le monde jouit. De toute façon, que je me soigne ou pas, un jour ou l'autre, ça reviendra au même. Que j'en oublie les plaisirs de la vie ou pas, cela ne changera rien. C'est même ce qui fait de moi cet étrange énergumène hurluberlu qui, quoi qu'il fasse, ne fais que passer.

23 juin 2009
Cherche mon gars, cherche.

Depuis quelques années, chaque matin, à dix heures, je reçois des informations sur la mucoviscidose. Je les lis parfois. Et s'il y a une chose qui le don de m'énerver régulièrement, c'est bien l'usage des chiffres. Quand les journalistes interviewent une personne du corps médical, ou faisant partie d'une association qui s'occupe de la mucoviscidose ou d'une autre maladie, immanquablement, à chaque fois, ils nous ressortent des statistiques. « L'espérance de vie en 1990 était de… X ». « En 1995, elle était de… Y ». « Aujourd'hui, elle est de… Z » Certes, pour les gens superstitieux ou angoissés, c'est bien utile. A la naissance, ou à la prise de connaissance, pour se donner une idée, je veux bien qu'on m'en serve une fournée. Mais il arrive un moment où il faut dire clairement si la recherche avance ou pas ! Le patient est assez intelligent pour comprendre que la recherche porte malheureusement trop bien son nom ! C'est sûr, ils cherchent, les types, ils cherchent. Mais ils ne trouvent pas ! Je les emmerde toutes, ces statistiques ! Je les emmerde tous, ces gens qui ne sont pas concernés et qui, en réalité, se moquent de connaître la durée de notre vie. Et moi qui le suis, concerné, je m'en moque d'autant plus que mes ami(e) s en ont également ricané. Ils ont rompu les amarres de la vie bien trop tôt et pour des raisons que ni vous ni moi ne connaissons. Quelque chose de fort, j'en suis persuadé ! Si j'étais le parent d'un enfant décédé, je leur balancerais leurs chiffres en pleine figure et je leur dirais de se remuer les méninges. Le plus dur est à trouver et, visiblement, ce n'est pas demain la

veille !
C'est vrai que je passe pas mal de temps à me payer de folles colères, mais je ne fais que constater la réalité qui m'accable. Je sais bien que je ne suis pas celui qui trouvera. Je doute fort que l'on trouve un remède pendant ce vingt et unième siècle. Par contre, plus je vieillis, plus j'y pense. Je me torture l'esprit en me disant qu'il doit bien y avoir une solution. Je veux trouver le système qui me permettra de vivre, la recette magique, comme vous. Et ça me permettra de fumer : comme vous. Grossir : comme vous. Grandir : comme vous. Réaliser mes projets : comme vous. Mériter une retraite : comme vous. Protéger une petite crevette qui deviendra mon fils : comme vous. Ne pas partir si tôt de la vie : comme vous. Trouver un moyen de passer entre les griffes de la dame à la faux : comme vous (sauf si un taré de conducteur de bus roule trop vite pendant que je traverse au rouge et sauf si…) Parfois j'aimerais tellement démentir toutes ces statistiques, revenir ici, ayant oublié cette vie, et constater avec plaisir que la vie vaut vraiment le coup d'être vécue. J'aimerais tant partager des moments avec mes ami(e)s sans redouter de les quitter un jour ou de manquer à leur appel un soir. Je ne regrette pas de vivre ma vie. Je suis sûr qu'elle est bien plus belle qu'une vie d'indemne et que je vis d'une manière incroyablement plus intense. Mais c'est dur de les imaginer vivre et rigoler sans moi. J'ai bientôt vingt ans. Je ne peux certainement pas reculer, mais j'aurais voulu que mes ami(e)s me connaissent en véritable adulte digne de ce nom. Je ne veux pas être le déchet de la société que je suis presque devenu, ni être comme celui que l'on a pu voir à la télévision la semaine dernière. J'espère avoir le

courage de faire partie de ceux qui se tireront une balle. Et je compte bien sur toutes les personnes sensées pour reconnaître que la meurtrière, c'est la mucoviscidose. Pas moi.

N'empêche,
ne rêves pas,
non plus, hein.
Je dois, malgré tout,
te dire que
le contrat stipule que,
dans un délai plus ou moins long,
je devrais de nouveau
m'en prendre à toi.
Hé oui,
chacun son boulot.
Et même que le contrat stipule que,
dans un délai plus ou moins long,
je devrais m'attaquer à toi
avec bassesse,
s'il le faut.
Ben oui,
chacun sa merde.
La mienne,
c'est faire souffrir.

Bref…
J'espère d'avance
que tu sauras te sortir
des coups
que je t'infligerai.
C'est trop rigolo
de voir quelqu'un se battre…
Enfin, en même temps,
je n'y crois pas,
tu vois,
puisque,
de toute façon,
c'est moi qui gagne
à la fin,
je te signale…
Ben oui,
même si tu ne le veux pas,
nous le savons tous les deux,
hein,
c'est moi
qui serai le vainqueur…

2 juillet 2009
Greffe ou pas greffe, telle est la question.

Ce soir, j'ai un besoin morbide d'écrire. Comme très souvent, je revois ma vie défiler. Je me pose des dizaines et des dizaines de questions dont les réponses ne me donneront, pour finir, pas le moindre éclaircissement. En ce moment, je suis très perplexe sur mon état de santé. Je ne sais plus quoi en penser. Cette situation mobilise tous mes esprits. Ma vie d'avant, ma vie d'après… Si je pouvais connaître la suite… Si je pouvais…
Tellement de gens ne peuvent pas comprendre cet état de sombre mélancolie dans lequel je me trouve ! Malgré cela, le week-end dernier, j'ai passé des moments fabuleux. J'ai même fait du sport sans trop me fatiguer. Il n'était pas question que de si beaux moments soient gâchés par cette saleté de maladie. Pourtant, de nombreuses fois, j'ai été pris d'un rire incontrôlable et j'ai tellement toussé que j'en oubliais les raisons pour lesquelles je riais. Par contre, jamais je n'ai oublié les raisons pour lesquelles je tousse.
Dernièrement, j'ai beaucoup réfléchi sur la possibilité d'une greffe. Cela pourrait m'être utile dans quelques mois, voire quelques années. Evidemment, plus mes capacités respiratoires se dégradent et plus je me dis que je pourrais peut-être essayer. Le temps où je faisais ce que je voulais de mes poumons semble révolu. Et cette autonomie va sûrement me manquer cruellement. Certains d'entre mes amis se réjouissent à l'idée de me voir accepter une greffe. Mais je n'ai pas dit mon dernier mot. Cependant, bénéfique ou non, vitale ou non, réellement envie ou non, je pense que c'est une décision

qui ne se prend pas à la légère. Je ne peux pas, en l'espace de cinq petites minutes, peser le pour et le contre. Le côté positif et beaucoup trop simpliste, est de penser que la greffe permet d'allonger l'existence. Mais le côté beaucoup plus réaliste et donc un minimum négatif, est de penser que, outre la difficulté de vivre avec un corps étranger, la personne qui renaît de cette opération en sort définitivement changée. Il n'y a pas si longtemps, par messages interposés, j'ai eu un semblant de conversations avec des mucos greffés. Déjà, avant même qu'ils ne se fassent greffer, nous n'avions pas la même vision de la vie. La mienne a toujours été très morbide. Pas la leur. De plus, accepter la greffe, et à condition que la greffe s'avère réussie, anéantit tout mon passé de combattant. Cela ne valait vraiment pas le coup de me torturer l'esprit pendant si longtemps. Pour l'instant, j'ai besoin d'être rassuré sur le prix de la vie et sur le temps qui m'est accordé. J'aimerais oublier le passé qui m'a été infligé et connaître le futur qui m'attend au tournant. Je voudrais croire en quelque chose de beau. Mais voilà fort longtemps que je suis convaincu que l'histoire de ma vie a déjà été écrite.
La preuve, en feuilletant un album de photos, je me suis plongé dans le monde de mon enfance. Je me suis aperçu qu'elle n'a jamais vraiment eu le temps d'exister. J'y ai trouvé un cliché où l'on me voit debout dans un petit lit à barreaux. Au premier abord, on pourrait me trouver normal. On pourrait presque ne voir qu'un petit bout de chou insouciant aux yeux noirs. A trois ans, ma maladie n'était pas vraiment perceptible. Mais au premier plan, un tuyau est posé sur la barre horizontale, à l'endroit même où se trouve ma main. Ma légère indifférence

première s'est changée en peur du temps qui passe, peur de disparaître et peur de vivre ou de survivre sous cette épée de Damoclès dont la pression est bien plus présente et tyrannique qu'auparavant. Ma prime jeunesse est bien définitivement révolue. Une envie irrésistible me vient au milieu de ma contemplation. Je voudrais remonter le temps pour retrouver celui où j'avançais les yeux fermés, guidé par la beauté d'un chemin qui, à l'époque, me paraissait sans fin. Me voilà pleurant sur le temps, priant certains soirs, suppliant certaines nuits pour que la trotteuse se mette à tourner à l'envers, alors que je sais pertinemment qu'elle ne le fera pas ! En vingt ans, beaucoup de choses ont changé, mais pas la vie houleuse à laquelle je me sais condamné. Il va falloir continuer à souffrir d'être malmené sur les plateaux cahoteux de la balance irrégulière de mes fonctions respiratoires. Ce soir, mes idées sont noires et je me bats pour que mes envies ne leur ressemblent pas.
Voilà quelques pages que je me dévoile et que je vide mon cœur sans même penser à la réaction que le lecteur pourrait avoir. Suis-je choquant ? Vais-je être sous-estimé ou bien surestimé ? Je ne suis là que pour écrire ma vie. C'est la vérité nue. Vous, ami lecteur, de l'autre coté du miroir de mes mots, vous avez tout pouvoir. Celui de me juger, de m'oublier, de vous moquer, de déformer mes écrits, ou de m'aimer.

10 août 2009
Enfer et damnation.

Je suis rentré de vacances passées en Normandie. Ce fut une très agréable semaine. Lors d'une partie de pêche, j'ai même eu la chance de sortir un brocheton d'une petite trentaine de centimètres. En ce moment je voudrais consacrer tout mon temps à la pêche. Je me suis d'ailleurs racheté un petit peu de matériel, ce que je n'avais pas fait depuis plusieurs mois, pour ne pas dire plusieurs années.
Du côté santé, ce n'est pas la très grande forme. Mais, ce mois d'Août s'annonce déjà bien plus heureux que celui de l'an passé. C'est déjà ça. J'ai quelques petits projets en tête, dont notamment, si mes finances me le permettent, celui de prendre mon indépendance d'ici quelques mois. Pour cela, je dois faire un choix entre demander une pension d'invalidité ou chercher un travail avec emploi du temps aménagé. C'est dire si ce mois d'août va être décisif pour mon avenir. Hormis ces quelques interrogations, l'amertume de la défaite ne me quitte pas depuis l'échec à mon examen du permis de conduire. Enfer et damnation ! Je n'ai pas vraiment envie de développer, mais je trouve qu'une réforme du permis de conduire serait bienvenue. J'aurai une deuxième chance dans le courant du mois de Septembre, et, cette fois, bien sûr, j'espère réussir.
En ce moment, on entend beaucoup parler d'une nouvelle molécule révolutionnaire, alors qu'en réalité, on n'en sait pas grand-chose. Certains nous disent que la mucoviscidose arrive à bout de souffle. C'est le cas de le dire. D'autres nous disent que les tests sur les patients

n'ont pas été satisfaisants. Nous, les malades, au milieu de ces joutes verbales ou écrites, on ne sait plus où donner de l'espoir. Un gros titre de la région du Var prédit : « La lutte contre la mucoviscidose sur le chemin de la victoire ». Un hebdomadaire parisien, deux jours plus tard, annonce : « la mucoviscidose n'est pas encore vaincue ». Il faudrait savoir. Si ce n'est pas piétiner les espérances de ceux qui ont su en garder, ça, qu'est-ce que c'est ? Heureusement que j'ai tendance à ne pas trop prendre à cœur ce genre de déclaration. En tout cas, je plains les parents de jeunes enfants mucos qui ont cru au titre annonçant l'éradication de la maladie. En vérité, je ne crois pas que l'on puisse guérir de la mucoviscidose. On ne peut que la soigner et prolonger la vie des malades par la greffe. Cela se fait déjà. Mais les heureux bénéficiaires de toutes ces avancées seront sans doute les plus jeunes. La maladie est trop bien installée en moi pour être totalement exterminée. Vingt ans qu'elle suce mes cellules, la traînée ! Je serais le premier étonné si la médecine était capable de me faire la joie surprenante de me débarrasser de cette partie de moi. Même si je ne me fais pas à l'idée de vivre sans mucoviscidose, j'ai un petit pincement au cœur quand je pense que des gens s'approchent du but. Ce serait comme une vie nouvelle, comme une sorte de soulagement venu de très loin. Vingt années enterrées d'un coup ! Ah, pouvoir faire l'imbécile avec les copains ! Pouvoir mettre la tête sous l'eau sans me provoquer une quinte de toux ! Pouvoir porter un lot de six bouteilles d'eau de la cuisine au garage sans m'essouffler ! Ne pas râler après ma mère quand elle m'appelle d'en bas, alors que je viens de gravir les quelques marches de l'escalier ! Ne plus avoir peur de rire aux éclats ! Ne pas refuser d'aller au supermarché du coin à pieds pour raison de santé, mais juste par pur caprice ! Oh oui, faire des caprices comme tous ces morveux qui s'époumonent sans s'asphyxier par manque d'oxygène ! Avoir la chance de pouvoir tondre la pelouse sans m'essouffler ! Ne plus avoir la famille que j'aime sur le dos, lorsque je refuse formellement de faire mes aérosols ! Ne plus être mélancolique comme le sont toutes les personnes qui voient approcher la date de leur propre mort ! Ne pas être plus conscient de la beauté et de la préciosité de la vie qu'un ignare de soixante-dix ans ! Ne plus entendre constamment « Mange encore, Jérémy, d'avantage, c'est pour ton bien » ! Ne pas être le plus malheureux du monde, lorsque les journaux annoncent la mort d'un jeune ou d'un enfant atteint de mucoviscidose ! Ne plus avoir à faire aux réflexions égoïstes de retraités qui se plaignent d'être plus près de la fin que du début de leurs vies ! Ne pas faire comme si de rien n'était lorsqu'un triple crétin me dit : « Tu as toute ta vie devant toi » !

Ils peuvent se réjouir, tous ces journalistes qui annoncent de fausses nouvelles. Ils peuvent éviter de penser qu'ils chamboulent la vie de milliers de personnes en écrivant n'importe quoi. Ils peuvent être heureux pour nous, qui ne le sommes pas, et refuser d'être malheureux pour nous, qui le sommes. Ils peuvent même nous envier, alors que notre vie est déjà brisée. Ils font la course au sensationnel et pissent de la ligne pour remplir du papier. C'est tout. Ce qui est véridique, c'est qu'un grand nombre d'entre nous n'aura pas de descendance. Non par choix, mais par contrat de non-vie généreusement offert par Madame Mucoviscidose.

11 août 2009
Poumons obstrués ou déprime assurée ?

Ce soir, j'ai le blues de l'handicapé. J'ai le cœur qui saigne, les mains lourdes et des envies macabres. J'ai le regard vide et cette envie insupportable de rajeunir. J'ai cette pénible impression de ne pas être entendu et le besoin soudain de réformer toutes ces lois dont on se moque. Ce soir, j'ai les pores de la peau délavés par mes larmes de désespoir. Cette coulée brûlante de lave émotionnelle m'envahit, me tourmente et m'accable. Je voudrais pouvoir enterrer cette irrémédiable invalidité, cette injuste différence, cette infâme ode à la souffrance.
Une… Deux… Trois… Quatre… Cinq… Tant de portes sont déjà fermées, désormais…
Aujourd'hui, cela fait un an et trois mois que je n'ai pas mis les pieds dans un établissement d'enseignement. Cette année sabbatique avait pour but de me requinquer. Mais j'ai finalement l'impression qu'elle ne m'a pas arrangé. En ce moment, pour cause de travaux à la maison, je suis très actif. Je crois même que je suis efficace. Pour autant, ce n'est pas une vie de rester chez moi sept jours sur sept. J'ai vu une assistante sociale qui m'a demandé ce que j'envisageais de faire à partir de Septembre. Honnêtement, je n'en sais pas plus qu'il y a trois mois. Si je suis très affairé à la maison depuis quelques jours, je n'en suis pas moins fatigué et essoufflé lorsque l'effort à faire est trop important. De plus, je travaille à des horaires choisis en fonction de mon état de santé. Je m'arrête souvent pour m'hydrater. Tout cela ne pourrait pas se passer aussi facilement en entreprise. C'est normal. Mais l'assistante sociale voulait en savoir

d'avantage sur mes envies et mes projets. Cela fait quand même quelques semaines que je tente de trouver des réponses à ses questions. Après quelques recherches, j'ai cru comprendre que ma maladie est une « Affection Longue Durée », ALD pour les intimes. Cette ALD me donne droit à une allocation appelée « Allocation Adulte Handicapé », AAH pour les mêmes intimes. Je dois choisir entre travailler ou vivre grâce à une allocation. Vivre vite, vivre fort, vivre bien, vivre en paix, vivre seul, oui. Mais vivre grâce à cette honteuse allocation d'adulte handicapé, non. De plus, la mucoviscidose est une maladie évolutive et nous ne connaissons pas la suite des événements. Qui dit que dans un an, voire deux, soyons fou, je ne serai pas totalement inapte au travail ? Absolument personne. Ne pas travailler me permet de ménager ma santé. En revanche, psychologiquement parlant, ce n'est ni très sain ni très raisonnable de rester seul et enfermé, avec si peu pour vivre. En effet, l'AAH ne dépasse pas la maudite somme de sept cent vingt-huit euros pour un adulte reconnu handicapé à quatre-vingts pour cent, ce qui est mon cas. A cette somme, s'ajoutent, gaiement des « avantages » comme l'exonération des impôts et de la redevance audiovisuelle. Je peux également, si ma situation me le permet, cumuler cette AAH avec des aides au logement, ceux-ci étant de seulement une petite centaine d'euros. Est-ce vraiment une vie de vivre au-dessous du seuil de pauvreté sans que cela dépende de nous ? Non, c'est une parfaite honte.
Une autre solution serait de travailler à temps partiel dans un milieu protégé. D'abord, j'aurais l'avantage de travailler à mon rythme. Ensuite, j'aurais celui d'être compris et la pression sur mes épaules devrait d'être

minime. Cependant, avec un simple Baccalauréat et un temps partiel, là non plus, je ne toucherai pas des milles et des cents. Alors nous en revenons, à peu de chose près, à notre point de départ qui est : Que faire ? Dernière solution possible, je tente de cumuler l'AAH avec le temps partiel. C'est autorisé, mais, en fonction de mes joyeux revenus, l'AAH diminuera jusqu'à devenir nulle. Je ne connais pas le plafond à ne pas atteindre pour garder un maximum d'Allocation. Je dois me renseigner sur ce désopilant paramètre pour toucher un éventuel salaire digne de ce nom. A toutes ces questions conviviales, s'ajoute celle qui, à mes yeux, est la principale. Dois-je prendre en compte le fait que ne rien faire ménage mes poumons, ou le fait que ne rien faire me provoque des déprimes ? En admettant que je ne sois pas déprimé à longueur d'année, vous, ami lecteur, que feriez-vous ? Je trouve que c'est un très bon sujet de dissertation. Allez. Tous à vos stylos. Je ramasse les copies dans une heure.
Bon, pouce, inutile de vous creuser les méninges. J'ai déjà demandé à plusieurs personnes en bonne santé. Elles m'ont dit qu'elles feraient le choix de travailler. Elles n'ont pas su se mettre à ma place, mais elles se sont dit qu'on n'avait qu'une vie et qu'il fallait tout tenter. Moi, je pars du principe que c'est parce que l'on n'a qu'une vie qu'il ne faut surtout pas faire de mauvais choix. C'est une vraie réflexion à mener. Il n'y a peut-être pas de réponse plus valable l'une que l'autre. Peut-être ont-elles toutes les deux leurs places, finalement. Allez. J'arrête d'écrire pour ce soir. Laissez-moi seul. Je m'en vais rêver d'une vie bien plus simple. D'une vie. Pas d'une survie.

Bref…
J'espère d'avance
que tu sauras te sortir
des coups
que je t'infligerai.
C'est trop rigolo
de voir quelqu'un se battre…
Enfin, en même temps,
je n'y crois pas,
tu vois,
puisque,
de toute façon,
c'est moi qui gagne
à la fin,
je te signale…
Ben oui,
même si tu ne le veux pas,
nous le savons tous les deux,
hein,
c'est moi
qui serai le vainqueur…

Et même que
je t'emmènerai
avec moi,
un jour,
un soir,
une nuit,
un matin,
je ne sais pas encore,
je n'ai pas encore décidé quand.
On a ses petites manies.
Moi, c'est la surprise…
Oui…
J'adore les surprises…
Ben oui,
c'est le piment de la vie,
les surprises…
Et de la mort aussi d'ailleurs…
Mais bon,
on ne va pas philosopher,
non plus…

23 août 2009
Avec cette maladie, c'est tous les jours la mine.

La maison est en travaux et je suis assez fier de moi, en ce moment. Nous refaisons deux chambres ainsi que le couloir du haut. J'y passe beaucoup de temps et je n'ai pas vraiment assez d'idées pour écrire. C'est beaucoup mieux moralement, finalement. C'est bon signe. Vu la situation financière que je risque d'avoir, ma mère et moi avons décidé d'agrandir ma chambre. Nous avons cassé une des cloisons qui séparaient deux chambres, pour en faire une seule beaucoup plus grande. J'ai déjà des idées sur l'aménagement. Je ferai ma chambre d'un côté, et, de l'autre, un petit salon principalement destiné à l'écoute de ma musique et au visionnage de mes films. J'y exposerai mes disques compacts, mes vinyles, tous mes appareils multimédias et je rangerai tous mes livres dans une bibliothèque. Ce petit projet me motive beaucoup. J'y consacre des journées entières. Je n'ai ni le temps de m'ennuyer, ni celui de déprimer. A vrai dire, je suis heureux lorsque je suis occupé. C'est le but. Je suis officiellement inapte à travailler dans la poussière, mais, ironie du sort, je ne respecte pas cela, à la maison, en ce moment. Si je respectais tout ce qui m'est interdit, je ne ferais plus rien. Bien sûr, n'importe quel personnel du corps médical me dirait que c'est très exactement ce qu'il ne me faut pas. Mais, faire quelque chose me fait tellement de bien. En plus, j'ai des polypes dans le nez qui m'empêchent de bien respirer. Un polype est un bout de muqueuse qui pousse sur les parois nasales et qui, avec le temps, dégrade la respiration. Cela implique aussi une grosse perte d'odorat et une réaction en chaîne qui aboutit à une série de petites sinusites. C'est très perturbant d'avoir l'impression d'être enrhumé trois cent soixante-cinq jours par an. Il y a bien la possibilité de supprimer ces polypes par une opération. Mais je me suis déjà fait opérer il y a douze ans. Et comme j'en ai un souvenir quelque peu douloureux, aujourd'hui, j'hésite à envisager une nouvelle opération. Je ne suis pas masochiste, non plus, même si la maladie me pousse à le devenir. Pour couronner le tout, j'ai une migraine du tonnerre de Dieu qui me tenaille la tête.

Depuis quelques jours, ma santé est au plus bas. Je suis toujours fatigué et très essoufflé. J'ai parfois de telles poussées de fièvres que je suis obligé de me coucher pour me reposer. Je me dis, pour me rassurer, qu'il n'y a rien de plus normal que cette dégradation, puisque ma dernière cure date d'il y a cinq mois. C'est beaucoup trop long. Mais, fin Juillet, j'ai fait un contrat avec le professeur Turck. Il voulait que je reste en Août pour effectuer ma cure. Je lui ai dit que si vraiment je ne tenais pas jusqu'au mois de Septembre, je l'appellerais. J'ai tenu parole. Aujourd'hui, je ne vais pas bien, mais ma cure commence demain matin. J'y suis arrivé. C'est un grand soulagement. En ce moment, je suis traversé par au moins quatre quintes de toux par jour. Je n'arrive pas à les contrôler, et souvent, malheureusement, elles me provoquent des vomissements. C'est plus que désagréable et je me sens pitoyable. En plus, j'ai perdu quatre kilos depuis le mois de Juin. J'ai passé de bonnes vacances, mais je suis bien conscient que je suis en train de le payer, actuellement. C'est la triste loi de la maladie. « Si tu veux t'amuser, vas-y, amuse-toi, mais alors, assume ».

Finalement, j'ai fait ma demande d'AAH, parce que plus le temps passe et moins je me sens capable de me rendre, chaque jour, dans une entreprise. Mon entreprise à moi, c'est le combat contre cette maladie. Avec elle, c'est tous les jours la mine, comme on dit dans les corons.

2 septembre 2009
Les fleurs de mon cœur au milieu de leur nuit.

J'étais couché avec la ferme intention de m'endormir. Je me suis relevé, trop tracassé à l'idée de demain, sans doute. Il va de nouveau falloir aller à l'hôpital pour une de ces trop nombreuses cures intraveineuses. J'imagine déjà les clowns bénévoles qui viennent chaque mercredi dans le service de pédiatrie. Ils entrent dans notre chambre sans même demander notre avis. Ces pauvres clowns ! Qu'ils sont lourds, sans gêne et irrespectueux ! Ils sont pourtant censés égayer la journée du malade. Je m'énerve d'avance rien qu'à l'idée qu'il va falloir les virer de ma chambre malgré ma grande timidité. Savoir que je vais donner l'image d'un malade dénué d'humour m'anéantit. Qu'ils aillent au diable avec leurs grimaces et leurs excès d'excentricité ! Je veux qu'on me fiche la paix ! Que je puisse me reposer et rester enfermé dans ma chambre ! Que personne ne me dérange ! Il faut que je me calme. Ce ne sont que les inconvénients du service de pédiatrie. Je m'y sens bien, par ailleurs. A part leurs billes de clowns, ce service est génial. Tous ces mots nourris des vérités de ma vie cachent un côté de mon tempérament que je voudrais garder secret. Je suis sûrement plus délicat, plus triste et plus désespéré que je ne voudrais l'être et le paraître. Sinon, pourquoi refuserais-je de quitter ce service de pédiatrie et ses couloirs de mon enfance pour d'autres, plus grands, plus calmes et moins enfantins ? Au fond de moi, je sais qu'il n'existe aucun espoir ni aucun projet à long terme. Je n'ai aucune envie de me familiariser avec de nouveaux bâtiments dans lesquels je ne compte pas m'éterniser. Je n'en vois pas l'intérêt et, d'ailleurs, je ne vais pas m'y éterniser. Peut-être que, tout simplement, je voudrais rester un gamin. Cela me permettrait de donner le change à ceux qui risquent de trouver mon apparence trop maigre et fragile. Cela m'éviterait de nombreuses confrontations irritantes avec des gens ignorants, et ce, sans la moindre culpabilité.

Un nombre conséquent de mes instants d'enfance survit encore dans les couloirs de l'hôpital Jeanne de Flandre. Toute ma vie s'y devine. Je me retrouve dans chacune des chambres. Le souvenir de ma voix ricoche sur tous les murs. « Le distributeur est par-là ». « Ici, avant, il y avait un aquarium ». « C'est remplacé par une machine à café ». « Passez par cette sortie-là, elle est ouverte jusque vingt heures ». « Pouvez-vous m'apporter ceci ? » « Excusez-moi, mais je n'ai pas trouvé la télécommande ». « Hé ! C'est pour quand Internet dans le service ? » « Et Monsieur Turck, il a eu le temps de remplir mon Certif' ? »

Je vois déjà le rituel. Dès mon entrée, il y aura mon traditionnel face à face avec une interne qui joue à tout savoir, mais qui ne sait rien. Comme d'habitude, j'aurai plus de réponses qu'elle. J'en connaîtrai plus qu'elle. Elle me demandera mon traitement, alors qu'elle aura la prescription de Monsieur Turck sous les yeux. Cela aura le don de m'énerver. Elle répliquera inévitablement qu'elle comprend mais qu'elle fait son boulot. Puis, elle filera dans une autre chambre, où le patient sera heureux d'être hospitalisé. Il lui dictera un traitement qu'elle connaîtra déjà. Là, elle sera contente. Elle aura l'impression d'être utile dans la vie d'un malade. Elle sera fière de sa journée, même, peut-être. Il n'y a pas de

quoi, pourtant.
Demain soir, je me connecterai pour voir s'il y a des commentaires sur mon blog. J'essaierai d'écrire, tout en écoutant de la musique. Je sais déjà que j'allumerai la télé. Je parie qu'il n'y aura rien. Je l'éteindrai et je me coucherai. A quatre heures du matin, les infirmières entreront dans ma chambre pour la troisième perfusion. Elles penseront ne pas m'avoir réveillé. Je garderai les yeux fermés pour les rassurer. C'est mon petit cadeau à moi. Les fleurs de mon cœur au milieu de leur nuit. A cinq heures, je me retournerai. A gauche, à droite, sur le dos. Un vrai poisson hors de l'eau. J'aurai trop chaud. J'écouterai de la musique jusqu'à cinq heures trente. J'éteindrai de nouveau. Qu'ils vont être longs, ces moments. Ils seront même interminables. Mon entourage arrivera très vite à me manquer. Moi qui, parfois, voudrais partir loin, seul et nulle part, je ne peux pas m'imaginer tenir plus d'une semaine. Etre hospitalisé ne me dérange pas. Mais toutes les choses banales que je dois vivre à cause de cette hospitalisation me fatiguent. Etre confronté à des clowns ineptes, à une interne qui se donne à fond pour réussir sa petite vie d'interne, au programme de télévision qui ne diffuse jamais rien d'intéressant, j'en suis fourbu d'avance. Toutes ces choses-là me rendent mal à l'aise. Mais, si je réfléchis plus avant, c'est exactement la même chose dans la vie de tous les jours. Pourtant, me mettre sur une table d'opération, c'est m'allonger sur le meilleur lit que je puisse connaître. Me faire une prise de sang, me piquer, me louper, me repiquer, c'est me faire vivre un scénario excitant. C'est pareil, quand on me fait patienter deux heures aux urgences parce que j'ai subi une surdose de

médicaments. Je ne serai jamais autant intégralement moi-même.

5 octobre 2009
Survivre grâce à l'oxygène, oui,
Mais à quel prix ?

Porté par le souffle déterminé de la survie, bien que moralement, il m'épuise, je m'assèche de tout semblant d'énergie. Je ne compte plus les heures que je passe à tenter de maîtriser l'influence qu'a cette abomination de maladie sur mon mental, ni l'insupportable et douloureuse impression de m'éteindre à petit feu, ni celle de penser que mes quintes de toux ne demandent qu'à me voir exploser. A croire qu'observer mes veines gonfler le long du front ne les satisfasse pas complètement. Me battre contre la mucoviscidose me donne l'impression d'être retenu contre mon gré dans un labyrinthe dont la sortie est plantée d'arbres aux branches tranchantes et séparées par des barbelés électrifiés. En sortir vivant, c'est déjà compliqué, alors entier, je n'ose même pas l'imaginer. Je tourne en rond dans mon combat. Je n'y fréquente que très rarement l'espoir. Il surgit par intermittence, comme s'il venait uniquement pour me narguer. La chance du débutant ne m'a jamais accompagné. Quant à un certain Dieu, c'est peine perdue que de chercher à le solliciter. Il ne me protège pas et quand bien même il le ferait, je ne suis pas certain d'avoir envie de lui octroyer un satisfecit. Si je gagne mon combat, je n'ai ni le besoin, ni l'envie de croire en quelque chose, sinon, peut-être, en ma détermination, bien plus présente autrefois. Bref, moralement, je suis au plus bas. Physiquement, je me plais à imaginer, posé sur mon cœur, un compteur qui dénombrerait chacun de ses battements. J'aurais alors une sensation de pression de sa part à chaque effort. Il me rappellerait, à chaque accélération cardiaque, que je ne dois pas ignorer les dangers de l'essoufflement. La fréquence de ses tics et de ses tacs pourrait alors dépendre de mes mouvements. A lui seul, il aurait le contrôle de mon corps. Lors de mes périodes de sommeil, parfois, ce même compteur finirait par me gêner et me préviendrait, si besoin, que les pulsations de mon cœur sont aussi irrégulières que les courbes flexibles d'un ressort usé par les mains d'un enfant anxieux à la veille de la rentrée. C'est alors que serait justifié le retour de l'oxygène. Encore une chose dont je me serais volontiers passé. Mais comme certains le disent si bien : « Ainsi va la vie » : Alors je les écoute sagement et je me fais une raison.

Si je devais définir cette survie, j'écrirais qu'elle est une éclipse dans laquelle les astres ne s'arrêtent pas de tourner. Ils exercent leur force les uns contre les autres et me voient m'enliser dans un combat qui est sans grand intérêt, parce que la mort a déjà misé sur moi, puisqu'elle a d'ores et déjà gagné. Je suis le misérable lot d'un pari passé entre elle et la biologie. Que je le veuille ou non, mon heure et sa raison sont déjà fixées. Ma survie est un défi mais surtout une chance immense de vivre une accumulation d'émotions, lesquelles passent forcément par la mucoviscidose. Celle-ci est l'élément déclencheur qui me permet d'attacher beaucoup d'importance à des faits ou à des événements qui, au premier abord, n'en valent pas forcément la peine. Faire de mon handicap un atout majeur, c'est développer un sixième sens qui viendrait rattraper le retard accumulé par l'odorat, victime des polypes, ou par l'ouïe, victime des effets secondaires de certains antibiotiques. Il faut bien compenser. Il suffit de le demander à un vieillard sur son lit de mort. Il vous dira combien la vie lui est chère, et combien elle vaut cher. Un prix qu'il n'aurait jamais pensé si élevé autrefois. C'est en ça que l'humain est faible. Le plus faible de tout ce qui a le don d'avoir un cœur qui bat. Il faut que l'homme souffre pour qu'il reconnaisse que chacun de ses moments vécus est d'une rare intensité. Tout le monde sait ce que je viens d'écrire, mais personne ne l'applique. Je pense que la sagesse de nos aînés ne vient pas du temps passé sur terre, mais plutôt du temps qu'il leur reste, un temps compté. Je crains beaucoup que ce soit le principe même de l'instinct de survie et la meilleure façon de perdre toute sa crédibilité en quelques secondes. Par exemple, en ce qui concerne la greffe, j'ai toujours été formel sur mon envie de laisser mon corps partir quand lui, et lui seul, l'aurait décidé. Et pourtant, plus ça va, moins je désire voir mon corps se glacer sur un lit d'hôpital. Là-haut, comme ils disent, on ne sait pas ce qu'il y a. Je suis bien forcé d'admettre que si ma vie n'est pas une vie dont la majeure partie des hommes rêve, il y a des choses, des gens et des souvenirs pour lesquels j'ai un amour immense. Le jour où je serai obligé de faire un choix, je serai entouré des gens que j'aime et ils me rappelleront avec amitié les moments heureux que nous avons vécus. Comment être objectif dans un tel moment ?

Mais, pour ma survie, je me dois d'être courageux. Ce que je vis n'est pas toujours invivable. Je tiens même à le souligner. Du fait de ma maladie, par exemple, je suis exonéré de multiples responsabilités. C'est le rêve de certains de rester toute la journée à la maison. Pas de réveil, pas l'impression d'avoir des obligations, rien que de la monotonie pour nourrir ses journées. Ne rien faire, si ce n'est s'occuper de ses propres loisirs et gérer son temps comme bon lui semble. Assurément, pour certains c'est la joie. Ironie du sort. Ma réalité est inverse et le genre de discours qui consiste à dire que je fais partie des chanceux commence vraiment à me fatiguer. J'aime bien me sentir utile et j'aime surtout savoir que je le suis. Ce serait tellement mieux de ne pas passer pour un paresseux. Paresseux, handicapé, même combat ?

Et même que
je t'emmènerai
avec moi,
un jour,
un soir,
une nuit,
un matin,
je ne sais pas encore,
je n'ai pas encore décidé quand.
On a ses petites manies.
Moi, c'est la surprise…
Oui…
J'adore les surprises…
Ben oui,
c'est le piment de la vie,
les surprises…
Et de la mort aussi d'ailleurs…
Mais bon,
on ne va pas philosopher,
non plus…

Toujours est-il que là,
quand je viendrais
t'anéantir définitivement,
les grands cons
qui te défendent,
ils comprendront,
ces pauvres gens,
que la seule personne
qui te connaît
et qui ne t'a jamais lâché,
et ben, c'est moi.
Et que celle que tu aimes
et détestes tant à la fois,
c'est moi,
et que celle que tu respectes,
parfois, aussi,
c'est moi.
Et que celle qui te fait
découvrir
des tas de choses,
chaque jour,
c'est encore moi.

11 octobre 2009
Certains seront greffés,
D'autres seront morts.

Je ne me sens pas bien, fatigué, lassé. Cette vie est vraiment difficile. Je m'ennuie. J'ai un très mauvais pressentiment. Dans quelques jours, quelques semaines, voire quelques mois, je serai archivé dans les tiroirs de l'hôpital Jeanne de Flandre. Ma vie sera jetée dans une boîte en carton de l'hôpital. L'immense classeur qui contient mon existence est tellement gros que les anneaux qui relient les feuillets ne demandent qu'à exploser. Il rejoindra d'autres dossiers commençant par la lettre « V ». On est bien peu de chose. Comme moi, les autres enfants malades seront invités à devenir des adultes responsables. Certains seront greffés, d'autres seront morts. C'est la loi froide et implacable de notre vie. Je ne sais pas exactement comment les malades se comportent entre eux. Par crainte, ou tout simplement par indifférence, je n'ai jamais souhaité entretenir de relations avec d'autres malades. Je n'avais pas envie d'être confronté à mon image. Pourtant, un jour par amour, j'y ai été contraint. Nous n'avions pas réellement les mêmes idées, ni les mêmes projets, mais la mucoviscidose n'est pas la raison pour laquelle notre histoire s'est terminée. Comme tout le monde, j'aime ou je n'aime pas, j'aime ou je n'aime plus. Enfin une chose toute simple commune avec les indemnes. Il y a trois ans, j'étais inscrit sur un forum d'échange consacré aux malades de la mucoviscidose. J'y ai lu pas mal d'absurdités. J'ai compris que la réalité de la mucoviscidose n'était pas la seule réponse à mes questions. Je ne suis pas devenu ce que je suis uniquement à cause de la mucoviscidose. Cela m'a étonné, à l'époque. Mais c'était bon à savoir. Je n'avais que dix-sept ans, et depuis, je n'ai pas souhaité échanger avec d'autres malades. Je n'aime pas l'image que les mucos renvoient, ni la mienne. Je n'aime ni ma voix ni ma carrure. Souvent, je me cache, les yeux humides, tellement j'ai honte. En fait, si je suis si dur dans mes propos, si choquant ou si intolérant, c'est tout simplement à cause de ma honte. Je n'ai pas la possibilité de contrôler ma maigreur, ni ma taille, ni ces tuyaux visibles à l'œil nu sur mon torse. Alors, mon esprit, j'y tiens. Je refuse de ne pas être, au moins, le maître de mes idées. Entre malades, on ne se fait aucun cadeau. Lorsque nous sommes suivis en pédiatrie, nous possédons quelques réponses au sujet de notre avenir. Mais rien ne nous force à les évoquer. Elles restent terrées au fond de nous. Que nous voulions vivre ou que nous voulions mourir, cela ne change rien à notre situation. Nous savons pertinemment que la mucoviscidose tue dès le plus jeune âge. Mais, inconsciemment, nous nous sentons en sécurité, parce que nous sommes dans un environnement d'enfant. Nous savons très bien que nous pouvons y rester. Mais on évite soigneusement d'y penser. C'est aussi bien comme ça.

Chez les adultes, c'est différent. Nous savons qu'au moins une personne est décédée dans notre lit. Nous voyons la mort dans le regard de tous les patients. Ces lits que nous occupons ont été chauds de leurs vies puis froids de leurs morts. C'est palpable. Mathématique. Imparable. Inéluctable. Intolérable et glacé. Nous savons que nous avons de très bonnes raisons d'avoir la peur au ventre. Instinctivement, nous désirons partager plus de temps avec nos proches. Les murs de nos chambres rétrécissent et se referment sur nous. Les couloirs sombres sont devenus noirs. En plus, malheureusement, les médecins et les soignants ne se contentent que de faire leur métier avec les adultes. Ils ne font pas autant attention à leurs états moraux. La raison probable est que l'on s'attache plus facilement à un enfant qu'à un adulte. Ils doivent vraisemblablement penser qu'il est « assez grand » pour comprendre et accepter sa réalité. Par malheur, dans notre société efficiente, c'est chacun pour soi et la désolation pour tous. Hélas, ce n'est pas moi qui y changerai quelque chose. Mais, il y a des moments privilégiés, comme celui où un petit muco passe près de moi dans les couloirs de l'hôpital. Il se promène avec sa petite aiguille dans le pli du coude et son grand poteau à perfusion traîné par sa maman. Il me regarde d'un air à la fois reconnaissant et intimidé. Pour lui, je suis forcément « un vieux ». Je sais ce qu'il a et ce qu'il est. Il sait ce que j'ai et ce que je suis. Il est moi, et je suis lui. Nous savons tous les deux ce qui nous tient en vie. Nous connaissons tous les deux celles et ceux qui nous tiennent en vie.

Je ne sais pas si tous les lecteurs de ce livre ont encore leurs parents, mais que ceux qui en ont en profitent. Malheureusement, cela ne dure pas. J'ai perdu mon père et, plus le temps passe, plus je me sens orphelin. Les liens du sang ne sont pas forcément les plus forts. Ils ne font pas partie de mes priorités. Cependant, les pas de mes parents résonnent encore dans les couloirs de l'hôpital. J'ai encore dans la mémoire de mon cœur le sourire anxieux de ma mère que j'étais fort heureux de voir. Elle n'avait pas encore cette sclérose en plaques que je maudis bien plus que la mucoviscidose. J'ai encore dans la mémoire de mon cœur la méfiance de mon père, lorsqu'on arrivait dans de nouveaux lieux. Je garde encore aussi le souvenir de la seule fois où j'ai passé quinze jours avec mon frère également atteint de mucoviscidose. Nous étions au premier étage. Je crois, d'ailleurs, que les infirmières s'en rappellent. Je me souviens aussi de ma première intervention chirurgicale. Je n'avais que dix ans. J'allais recevoir mon premier port-à-cath. Ma mère et ma grande sœur étaient venues me soutenir. On m'avait à moitié sonné pour que je n'appréhende pas l'opération. Puis il y a eu de multiples hospitalisations, pour la sonde, pour les cures, pour les allergies, pour l'oxygène, pour le repos, etc. Tout ceci peut paraître sentimental, mais cette partie de ma vie est tellement importante que je ne peux pas l'abandonner facilement. Je n'en ai ni photos ni vidéos. Mais je ne peux pas oublier la portée de ces instants. Ils m'ont forgé. Mon premier jour à l'hôpital Calmette sera bien plus atterrant que celui de mon entrée à Jeanne de Flandre. Même s'il y a eu de multiples hospitalisations, et parce qu'il y a eu de multiples hospitalisations, j'y étais chez moi, protégé et en vie. A Calmette, je m'y sentirai étranger, en danger et en sursis. Calmette, l'hôpital des adultes, est celui de ceux qui meurent ou qui vont mourir. Bonjour l'ambiance.

19 octobre 2009
C'est tellement inhumain de se savoir condamné.

Beaucoup de gens m'écrivent pour me dire qu'ils aiment l'esprit de mon blog. D'après eux, je leur ouvre les yeux et il est d'une grande valeur. Mais la valeur de ce blog n'est rien, face à celle du temps qu'il me reste à vivre. Le savoir me fait souffrir. Je connais ce que mon corps interdit à mon esprit. C'est inestimable. Les limites de mon corps m'ont fixé une durée de vie que je suis censé ignorer. Alors, on me suggère de vivre comme si de rien n'était. Comme les autres, les insouciants, on me conseille de jouir du temps qui passe et de profiter du moindre rayon de soleil. Chaque soir, il faudrait que me délecte de l'apparition de la lune. On me demande d'oublier ce que je vis pour une après-midi, d'oublier ce que je suis pour un soir, d'oublier ce fardeau pour une journée. Mais je ne peux pas ! Dois-je envier tous ces gens d'être aussi ignorants ? Qui est le gagnant dans toute cette histoire ? Est-ce celui qui sait mais qui ne peut rien changer ? Ou est-ce celui qui ne sait pas et qui ne se soucie pas de changer quoi que ce soit ? Est-ce celui qui est malheureux à cause de la certitude d'une fin pour cause de non-vie programmée plus tôt que tout le monde ? Ou est-ce celui qui est heureux parce qu'inconscient d'une quelconque fin à plus ou moins longue échéance ? Toutes les injustices me révoltent. Mais, en l'occurrence, il faut que je comprenne et admette l'injustice de ma naissance. Il n'y a pas de responsable. C'est uniquement la faute à « pas de chance ». La maladie génétique, « pas de chance », ne souhaite pas se racheter. C'est tellement inhumain de se savoir condamné, tellement barbare de vivre talonné par l'angoisse et poursuivi par le temps. Il y a quelques années, ma mère avait acheté un livre dans lequel se trouvaient des dizaines de poèmes écrits par un malade de la muco. A l'époque, elle me l'avait caché. Depuis, j'ai souhaité le lire. Je l'ai ouvert. J'ai lu un passage, deux passages. J'ai tourné les pages. Je n'aurais pas dû. L'auteur avait disposé les phrases de façon à ce qu'elles suivent les formes de son corps. Sur son torse, avec chacune d'elles, il avait choisi de contourner ses cicatrices. Il s'était fait greffer. C'était très poétique mais totalement insoutenable. Je n'avais pas supporté. Quelque part, plus ou moins loin, c'était moi. Je n'avais pas pu continuer ma lecture et j'avais rendu ce livre à ma mère. Moi, même moi, je n'avais pas eu le cœur assez accroché pour en lire d'avantage. Elle avait eu raison de me le cacher. Il est temps que je lui redemande ce livre et que je m'y replonge. Je veux analyser chacun de ses mots, chacune de ses lettres, chacun de ses maux, chacune des cicatrices de son corps. Je veux savoir la raison du choix de tel terme et non celui de tel autre. Ce soir, j'ai parcouru quelques sites consacrés à la mucoviscidose. Je ne suis pas peu fier de voir à quel point c'est une maladie que l'on respecte. Il y a vingt ans, personnes ne la connaissait. Aujourd'hui, les gens sont souvent très maladroits, mais ils ont une image « positive » de la maladie. Les malades sont traités avec respect. Et, quand ils ne le sont pas, les irrespectueux, les « méchants » sont punis. J'en veux pour exemple le soi disant humoriste qui était venu faire son bon mot cynique à cinquante centimes pour faire rire la populace. Il s'est lamentablement fait conspuer depuis. C'est rassurant de se dire que la mucoviscidose est repoussée grâce à l'aide de multiples associations. Lorsque l'année dernière, je me suis rendu au siège de l'une d'elles, j'ai été très étonné de constater la grande considération avec laquelle j'ai été accueilli. Je tiens à les remercier pour le travail qu'ils font pour nous et contre cette maladie. De mon côté, j'ai passé des mois à décortiquer ma vie, écrire mes journées, pleurer mes souvenirs, étudier toutes les possibilités qui étaient à ma disposition. Je commence à croire qu'écrire fait impérativement partie de mon existence. Mais je ne sais pas écrire, je ne sais que tenter de penser. Peut-être est-ce mieux ainsi. Pas mal de gens écrivent divinement bien. Par contre, il n'y a pas beaucoup de véritables penseurs. Probablement qu'au fond, les penseurs ont une personnalité vraie qui les fait vivre authentiquement. Les autres, ceux qui ne pensent pas comme ils vivent et qui ne vivent pas comme ils pensent, ils trichent. Ils mentent aux autres, se mentent à eux-mêmes, sur tout, sur leurs goûts, leurs opinions, leurs vies. Ils veulent être le point de mire dans une conversation. Mais la vie n'est ni une conversation ni une route sur laquelle on se pavane.

1er novembre 2009
Détruire l'étoile de la mort.

Nos chemins se séparent et nous séparent. Il semblerait que l'on ne puisse pas se battre contre cet état de fait. Les gens ne prennent plus le temps de se connaître et de s'apprécier. Et puis, lorsque le temps s'arrête, ils réalisent que les activités qu'ils prenaient à cœur n'en valaient pas la peine. Un jour, lorsqu'un ami part, on se rend compte qu'on a raté pas mal de bons moments avec lui. On vivait pour le travail ou pour autre chose qui n'était pas le sens primordial de la vie. C'est avec cette philosophie que j'ai fait mes études. On me disait que rater un jour de cours m'empêcherait d'être diplômé. Je répondais que mon avenir incertain me donnait le droit de jouer un peu plus que les autres avec le présent. L'avenir me donna raison. J'ai été diplômé et, par-dessus tout, j'ai gagné de magnifiques après-midi d'amitiés dans Lille, alors que j'étais censé rester cloué sur une chaise à m'ingurgiter des bribes de savoirs.
Ce n'est pas toujours simple d'allier les réelles difficultés de la vie avec celles, encore plus réelles, de la maladie. Ce serait tellement plus aisé si j'admettais que, de toute évidence, la maladie fait partie de ma vie. Ces temps-ci, je n'ai envie de rien. Je ne me fixe plus de but ni de date, et j'en suis heureux. J'essaye d'accorder aux petites choses toute l'importance qu'elles méritent. Au fond, c'est peut-être mieux comme ça. Mais j'ai la triste impression de me laisser aller. Bien sûr, je suis un humain comme tout un chacun. Lorsque je suis heureux, je ne pense plus qu'à moi. Lorsque je me sens libéré de toute pression, je désire m'enrichir, comme tout le

monde. C'est dans la nature de l'être humain. Me contenter de ce que j'ai me fait comprendre instantanément que je replonge dans la mélancolie. Elle me ramène à mes années de « jeunesse », moi qui ne suis pas vieux. Je repense au Zee Preventorium de De Haan. J'y ai rencontré un muco particulièrement mal en point et Christine, une amie désormais greffée. J'y ai connu Marielle, qui nous a quittés quatre ans plus tard. J'ai fait également la connaissance d'une petite puce d'une dizaine d'années qui s'en est allée, elle aussi. Moi, j'étais Jérémy, le muco des mucos qui pouvait courir autant qu'il le souhaitait. J'étais celui qui faisait ce qu'il voulait d'un ballon de foot. J'étais le petit crétin français qui n'acceptait pas les règles belges du centre. J'étais celui qui refusait de porter les polos du centre. Je préférais les miens. J'étais le seul muco qui n'acceptait pas de faire silence pour laisser les autres se reposer après vingt et une heures. J'étais le petit protégé des asthmatiques. Ils mettaient la table même quand c'était à mon tour de le faire, sous prétexte que j'étais le seul muco du groupe de jeunes garçons. J'étais celui avec qui une sympathique fille de Liège voulait sortir. J'étais le muco que Marielle ne pouvait s'empêcher de taquiner. J'étais le super muco qui voulait plus d'une canette de soda à chaque repas. J'étais l'irréductible petit gaulois qui honnissait les éventuels conflits franco-belges. Mais je ne comprenais rien quand un flamand fasciste se mettait à déblatérer des contre-vérités criantes. J'étais celui avec qui Christophe s'en allait se promener dans les dunes. J'étais celui qui avait la cage thoracique du siècle, la plus démentielle et la plus époustouflante de l'endroit. J'étais toujours heureux, lors de ce mois pour le moins ordinaire. Je

passais les fins de semaines à la maison. J'étais somptueusement « jeune et con ». Si j'avais su que plus jamais je ne reverrais Marielle et Aurélie, je crois bien que jamais je ne me serais comporté de cette façon. J'ai tellement vieilli prématurément depuis ces années. Pourtant, cela ne s'est passé qu'il y a cinq ans. Depuis ce séjour, j'ai l'impression d'avoir vécu cinquante ans, tellement je me sens fatigué de la vie. Je me sens fourbu du poids des souffrances qui me sont arrivées depuis et mûri des prises de conscience qui en ont découlé. Le jour où la bouteille d'oxygène me sera vitale, je crois que je serai psychologiquement déjà mort.
Il y a des gens qui restent indifférents devant certaines paroles, certaines histoires ou certains films. Il y en a d'autres pour qui ces films peuvent devenir l'élément déclencheur d'une formidable envie de vivre ou d'une déprime à plus ou moins longue échéance. Depuis que je suis né, ou, en tout cas, depuis l'âge auquel j'ai pris conscience de certaines choses, j'ai toujours été le cœur d'artichaut de la bande. Je suis capable de pleurer de joie en voyant le héros détruire l'étoile de la mort dans le quatrième épisode de « La guerre des étoiles ». Détruire l'étoile de la mort, c'est faire naître celle de la vie. Je me sens bourré d'adrénaline quand je vois un autre héros sauver des dizaines de personnes en passant par des conduits d'aération. Sauver des dizaines de personnes, c'est les empêcher de se faire engloutir par l'inéluctable piège de la fin de vie. J'ai envie de mourir lorsque mon héros préféré n'est plus aimé de celle qu'il aime. La vie sans amour me semble plus insupportable que la mort.
Finalement, tout le monde sait écrire. Mais tout le monde n'est pas capable d'être authentique. S'il y a bien une

chose que j'ai découverte depuis que j'écris, c'est qu'il n'y a que la sincérité qui m'est nécessaire et indispensable. Elle donne une apparence physique à mes sentiments. Certains tentent de dramatiser leur vie. Moi, ma meilleure amie, c'est l'autodérision. Elle me permet, au contraire, de dédramatiser. Mais toute personne un tant soit peu intelligente et sensible est capable de discerner qui est dissimulé derrière l'autodérision. Ou alors, je ne réponds plus de l'humanité.

**Toujours est-il que là,
quand je viendrais
t'anéantir définitivement,
les grands cons
qui te défendent,
ils comprendront,
ces pauvres gens,
que la seule personne
qui te connaît
et qui ne t'a jamais lâché,
et ben, c'est moi.
Et que celle que tu aimes
et détestes tant à la fois,
c'est moi,
et que celle que tu respectes,
parfois, aussi,
c'est moi.
Et que celle qui te fait
découvrir
des tas de choses,
chaque jour,
c'est encore moi.**

Et que celle
qui te fait tousser
au moment
où tu écris,
c'est toujours moi !!!
Et que
eux,
ils ne comptent pas.
Tout simplement
parce qu'ils ne jouent pas
dans la même cour.

11 novembre 2009
La peur des autres n'est pas la mienne.

On connaît tous cette part d'égoïsme qu'il y a au fond de chacun d'entre nous. Chaque personne est confrontée, un jour ou l'autre, à cet égoïsme au service de la peur de voir un ami, un frère ou une mère quitter ce monde. Qu'importe l'âge de ceux que l'on ne voudrait pas voir s'éloigner de nous, qu'importe leur classe sociale et qu'importent même leurs croyances. Par stricte égalité, la vie et la mort ont le don de ne pas faire de différence. Elles se moquent de tout et de nous. Elles ne doivent rien à Allah, ni Jésus, ni Satan ou je ne sais qui d'autre. Voilà vingt ans que j'observe les gens que j'aime qui tentent tout pour que je daigne « enfin » me soigner, en tout cas assez pour ne pas troubler leur sommeil. Ils me disent et me répètent sans cesse, que « c'est pour mon bien ». Cette phrase leur va admirablement. La réalité est que c'est pour leur bien aussi. Au-delà du bien que pourraient me procurer mes traitements, il y a le mal dont ils souffrent et qu'ils s'efforcent de dissimuler. Il s'appelle peur de devoir vivre sans moi. Derrière leurs conseils, se cachent d'innombrables craintes difficiles à me communiquer. Avec le temps, je me mets à penser que cela leur donne bonne conscience de contrer mes envies, mes besoins et mes choix. Cela les rassure de se dire que la mort n'est pas prête à m'arracher à eux. Qu'ils soient rassurés. Je ne lui donnerai pas le temps qu'il me reste. Je connais par cœur leurs discours moralisateurs. Ils se commencent par un « Qui suis-je pour te dire… », si révélateur, puis se finissent le plus souvent par une porte qui claque, une joue humide et un cœur oppressé par leur amour pour moi. Mais « les conseilleurs ne sont pas les payeurs. » Est-ce si dur d'admettre que leur frère, leur fils, ou leur ami soit plus qu'usé par cette lutte acharnée ? Pourquoi mes choix ne seraient-ils pas aussi réfléchis et aussi justes que les leurs ? Parce que ma vie est en jeu ? Pourquoi, pour une fois, mes choix ne forceraient-ils pas le silence ? Et puis, soyons-fous, pourquoi ne pas me soutenir dans ces choix-là ? Ce sont des sujets que je ne sais pas aborder avec les gens que j'aime. Je n'en ai pas le cran. Je n'ai pas la capacité de dissimuler mes émotions, à mon plus grand regret. Je suis un écorché vif et pâle à plein-temps. En tous les cas, je m'octroie le droit de penser que pour être objectif dans cette course au souffle, il est nécessaire de mettre tout sentiment ou toute affectivité à l'écart. C'est essentiel si l'on veut répondre à mes questions et me montrer la « bonne » direction. Si je suis coupable d'aimer mon entourage sans être capable de lui donner raison à mon sujet et de le rassurer, il n'en reste pas moins que je ne veux pas être victime de ses sentiments à mon égard. Je le refuse scrupuleusement, parce que je connais la recette de mon existence et les trois ingrédients dont elle est faite : traitement, souffrance et différence.

Lorsqu'on a un boulot comme le mien, celui de déprimer à longueur d'année, il est nécessaire de se sentir entouré, non pas par des personnes qui entretiennent des discours allant dans le sens contraire du vôtre, mais bien par des conversations reposantes et réconfortantes. Les décisions que je prends ne sont pas toujours évidentes à accepter, mais même si celles-ci viennent consolider mes convictions, le chemin que j'ai à parcourir n'en sera pas moins éprouvant. Même si mon choix est de ne pas faire mon traitement, ce n'est pas simple de se dire qu'il faudra lutter aux abords d'un escalier. Ce ne sera pas aisé non plus de se sentir hanté par la mort et ce, même si je refuse une greffe qui, d'après eux, l'éloignerait une bonne fois pour toutes. Ce n'est ni normal ni facile à comprendre. Je ne veux pas me soigner, mais ce n'est pas une raison pour mériter cette vie de galère. J'ai uniquement l'honnêteté intime de reconnaître que je suis tout simplement incapable de mettre ma vie au service d'une maladie génétique. Il faudrait beau voir que je sois volontaire pour expliquer mes déprimes et que je sois le bénévole de mes moments mélancoliques. Je touche une allocation pour ça. Pourtant, il faut me justifier auprès de ceux qui ne comprennent pas la raison de cette somme. Il m'est demandé aussi de me disculper auprès de ceux qui sont persuadés que je ne suis qu'un homme victime d'anaphylaxie à l'égard de la vie active. Si et quand je ne le fais pas, des idiots à courte vue, présents partout, jugent les faits à partir de leurs propres consciences, de leurs connaissances minimes et de leur épouvantable intolérance, et n'en déduisent que je ne suis qu'un « muco-bulle ». D'ailleurs, en tant que patient contestataire, je ne ferai pas la cure d'antibiotiques que je devais normalement entamer. Je devais la débuter ce matin même, mais j'y renonce. "Ce n'est vraiment pas bien" hurle ma conscience, mais mon inconscience, dérisoirement habituée, lui répond que l'envol est tellement libérateur, qu'elle préfère que mon moral soit au quatrième sous-sol afin de pouvoir renaître ensuite. C'est tellement jouissif de passer de la pénombre à la pleine lumière. A ce propos, en lisant l'interview d'un musicien dont j'aime beaucoup la musique et la

personnalité, je suis resté bouche bée devant une de ses réponses.
« La maxime de l'improvisateur est : la sécurité en dernier. Il suit la « pensée du tremblement ». Voilà pourquoi, souvent, pendant mes concerts, je danse avec le piano, je me lève, je me penche en arrière, je me lance sur les cordes. Les docteurs me disent que c'est très mauvais pour mon dos et, c'est vrai, je souffre de douleurs pénibles, mais ils ne savent pas ce que je vis. »
Je me suis totalement reconnu dans cette situation. J'ai toujours été convaincu que vivre dans un danger permanent m'apportait quelque chose de fort, vibrant et unique. Mais entendre un homme d'un tel talent et d'une telle prestance utiliser ces mots me soutient dans ma conviction. A travers ce livre, tout ce que je peux partager, c'est à la fois la difficulté mais aussi l'injustice de cet interminable combat. En revanche, je ne pourrai jamais partager sa beauté ni son originalité, ni l'excitation de vivre au-delà de la douleur, car malgré le danger, je me sens protégé. Devant ce scénario, je suis à la fois apeuré et attisé. Je suis le premier spectateur de ma mucoviscidose, même si très souvent je peine à remonter la pente sur laquelle elle a le pouvoir de me jeter et l'abysse dans lequel elle a la capacité de m'enfouir.

Mardi 1er décembre 2009
Ma vie dans un aquarium aseptisé.

Je crois bien que j'ai retrouvé le moral. Pourtant, la santé n'est pas là. Aujourd'hui, j'ai passé une superbe journée pleine d'espoir, d'envie, de complicité et de générosité. Ce soir, les oreilles inondées de musique, je regardais les étoiles. Je me sentais bien petit devant elles. Mais, en prenant conscience que ce que j'écris peut toucher d'autres personnes, je me suis senti étonnamment puissant. Pourtant, quand je me compare aux autres, je me sais tellement différent. Je me souviens avoir vu des petits se vautrer littéralement dans le sable ou tripoter de la terre. Moi, je m'amusais dans un couloir d'hôpital où tout était propre et aseptisé. Avec une tristesse à la fois curieuse et jalouse, je me remémore encore les moments où j'arrivais pourtant à me distraire dans les couloirs d'hôpital. Je me réjouissais de tout. J'admirais même les poissons cartonnés dans l'aquarium vide. Un aquarium dénué de tout sens. J'ai passé ma vie dans un aquarium qui s'appelle hôpital. Je m'y sentais comme un poisson dans l'eau. Les autres enfants pleuraient parce qu'un rhume les empêchait momentanément de respirer. Chez moi, les encombrements de mes bronches et de mes poumons étaient loin d'être momentanés. Je me revois suivre courageusement une infirmière, sachant qu'une aiguille m'attendait et qu'elle était à peine plus petite que mon poignet. Ce souvenir me rend fier. Cette faculté d'apprendre à souffrir rend si fort que l'on a parfois l'impression de n'avoir plus rien à apprendre. Et pourtant, là encore, on se trompe. Lorsque je fais le point sur ma vie et sur toutes les relations que j'ai pu nouer et dénouer, je constate que j'ai rencontré de tout. Des idiots, des intelligents, des gentils, des égoïstes, des doux, des violents, des machos, des furieux, des tendres, de vrais schizophrènes, des hémophiles, des diabétiques, des boulimiques, des mucos, des cancéreux, des asthmatiques, etc. Certains auraient pu pourvoir tous les postes à la fois ou presque. La souffrance était leur dénominateur commun. Le rôle de la souffrance dans la vie des gens m'a toujours fasciné. C'est captivant de voir à quel point la souffrance est capable de changer les gens. Elle accapare leur temps et leurs réflexions. Ils deviennent droits, soucieux d'eux-mêmes et des autres, mais surtout intéressants. Tout cela vient sûrement du fait que la souffrance, à un moment donné, nous oblige à prendre du recul vis-à-vis de la vie et vis-à-vis de ceux avec qui la vie ne se montre pas clémente.

Mardi 8 décembre 2009
Respirer, tout simplement, respirer.

Ce soir, je suis heureux. C'est rare, trop rare. Pour mon plus grand bonheur, ces dix derniers jours d'antibiotiques me permettent enfin de respirer. C'est une véritable libération. Pouvoir marcher tout en parlant sans se mettre à tousser démesurément. Pouvoir se lever le matin de bonne humeur, parce que reposé. Vivre, ce doit être ça. En plus, nous sommes à quinze jours de Noël et j'aime Noël. Cette fête rassemble la famille, décuple la complicité, propage de la joie, distille de la bonne humeur et réveille des désirs qu'on avait oublié de réaliser. Ce temps rend tout simplement nos fins d'année prodigieusement magiques, féeriques, quasi surnaturelles. Ce n'est pas dans mon habitude d'écrire lorsque tout va bien. Je n'ai pas la faculté de pouvoir écrire mes bonheurs. Mon écriture est donc probablement maladroite. Mais la vie ne me fait pas de cadeaux. Alors, pour une fois qu'elle se montre bienveillante avec moi, je ne vais pas me priver de le claironner sur tous les toits.

Depuis un tour en hélicoptère survolant Paris, une idée a mûri en moi. J'ai envie de voler au-dessus de chaque paysage qui m'a été offert de découvrir d'en bas. Je souhaite les connaître d'en haut. J'ai expliqué au Professeur Turck mon souhait de faire un stage d'initiation puis de passer un brevet de pilote de base. Je sais qu'il faut un certificat médical fait par un médecin agrée en médecine aéronautique. Je me dis que, peut-être, il a un patient qui est intéressé par cette activité. Je me demande si ma maladie ne pose pas de problème. Ce sentiment de liberté que je ressens en ce moment me donne l'impression que je reprends le dessus sur ma maladie. Il y a une phrase d'Alain Bechoux qui traduit très bien mon quotidien depuis quelques jours. « De l'étouffement, je passe à la respiration normale. Sensation extraordinaire. Respirer, tout simplement, sans effort, sans y penser. Ah ! C'était donc ça respirer ! »

Lundi 14 décembre 2009
Le blues de l'handicapé.

Le rêve aura été court. Renseignements pris sur des sites agréés, je me dois, une nouvelle fois, de renoncer au projet qui me tenait à cœur. Je ne pourrai pas voler. Voler n'est pas qu'un loisir ou un métier. C'est aussi une philosophie de vie qui naît en ceux et celles qui le pratiquent. J'aurais voulu la vivre. Je ne trouve pas le sommeil. Je m'obstine à vouloir comprendre pourquoi, encore une fois, mon cœur désirait et croyait en une chose que ma raison devait pourtant savoir impossible. Tant de gens ignorent la chance qu'ils ont d'être physiquement aptes à faire de grandes et belles choses. Ils n'y songent même pas. Alors que moi, chaque jour, bien que diminué, j'aspire, c'est le mot, à une vie rythmée qui me fasse rêver. Force est de constater que je dois trop souvent abandonner mes projets. Je suis dégoûté de l'existence et envieux des gens dont je trouve la vie d'une banalité crasse. J'aimerais bien me réincarner pour palpiter de bonheur dans une vraie vie, et non trembler de douleur ou de rage dans celle que j'ai. J'aimerais bien arrêter ce cauchemar récurrent et récalcitrant, où je me vois perversement claquer au nez toutes les portes de possibilité de joie. J'aimerais bien ne pas être emmené constamment vers les couloirs les plus sombres de la destinée humaine. Ma vie de muco se révèle vraiment de plus en plus décevante. Elle fait de la prochaine année une année qui ne sera pas à la hauteur de mes utopies les plus folles. Pourtant je me dois d'y croire si je veux sortir de ce perpétuel mauvais rêve. Je ne veux pas être uniquement dépendant d'une maladie qui s'avère démolir aussi bien le corps que l'esprit. Ce soir, de nouveau, j'ai le blues de l'handicapé. Malgré moi, je dois admettre une fois de plus que ma vie dépend de la chose qui me fait peu à peu mourir. En attendant, elle me pousse à survivre plutôt qu'à vivre. Cette vie est impensablement tuante et cette survie inconcevablement mortifère. C'est terriblement exaspérant, extrêmement frustrant, effroyablement enrageant. Les compromis que j'ai à faire sont bien plus importants que ceux que j'ai déjà faits. Ma vie n'est pas seulement plus courte. Elle est atrocement et tristement de plus en plus limitée à ce que ma capacité respiratoire me permet de faire. Mais comment repousser la maladie sans une vraie source de motivation, comme celle de planer entre la terre et les nuages, là-haut, où l'air est plus pur et le soleil plus chaud ?

Lundi 21 décembre 2009
Solstice d'hiver.

Peu à peu, nous nous approchons de Noël. Je me réjouis à l'idée de revoir la famille réunie. Ce sont des gens qui s'aiment et qui se le montrent. Cet amour me porte et me fait avancer. Il fait que je suis de plus en plus capable d'accepter la douleur et la réalité de ma condition.

Noël est ma fête préférée. Autour de moi, de moins en moins de gens apprécient cette période. J'en suis triste. Je suis peut-être un rêveur, mais je ne veux pas que cette fête soit oubliée. Ma plus grande peur est que les gens ne sachent plus s'aimer. Les autres, peut-être, doivent penser que c'est un peu enfantin de se réfugier dans ses rêves afin d'oublier son lourd quotidien. Ils ne peuvent probablement pas tous me comprendre. Noël, et tout ce scintillement de joie qui l'accompagne, me tient tellement à cœur que j'en oublie les déceptions et les dégoûts que peuvent provoquer les aléas de ma maladie. Tout au long de ma vie, je saute de petits événements heureux en petits événements heureux, comme on traverse un gué, de pierre en pierre. Peu à peu, ces moments de bonheur accessible me rendent la vie plus douce, sinon radieuse. Noël est une pierre magnifique, suave, précieuse et chaleureuse pour qui a la chance d'être aimé et qui, de ce fait, sait aimer. Je plains énormément les laissés pour compte du cœur. Et il y en a de plus en plus. A cause de ma maladie, je suis obligé de vivre au jour le jour. Eux, ils ne vivent pas. Ni le solstice d'hiver, ni le solstice d'été. Je suis un handicapé des poumons, du pancréas, et de bien d'autres organes encore. Eux, ils sont handicapés du cœur. Lequel des deux handicaps est le plus supportable ? La gangrène de la mucoviscidose ou le cancer du manque d'amour ? Si l'on m'avait dit un jour qu'à vingt ans, je serais capable de philosopher sur de si dures réalités, je me serais moqué de moi-même. Si j'écris aujourd'hui, c'est parce qu'il existe des mots capables d'atténuer nos maux. Ces mots, que j'espère bien trouver, sauront, à coup sûr, entretenir notre espoir, malgré une vie qui se consume à une allure follement chaotique. Dans mes écrits, je voudrais avoir le pouvoir de redonner l'envie d'aimer, et de l'être en retour, aux gens qui l'ont perdu. Je voudrais qu'ils retrouvent dans chacun de mes mots la volonté et le désir de vivre et que ces deux moteurs de vie se révèlent plus forts que les coups infligés par un handicap, quel qu'il soit.

Et que celle
qui te fait tousser
au moment
où tu écris,
c'est toujours moi !!!
Et que
eux,
ils ne comptent pas.
Tout simplement
parce qu'ils ne jouent pas
dans la même cour.

Bon, je vais te laisser dormir, va.
C'est assez pour ce soir.
Je ne vais plus
te retenir,
parce que demain tu te lèves
pour aller chez le kiné
(encore un
qui se croit un cador
de la bonne action,
de toi à moi,
mais bon).
Tu ne perds rien pour attendre,
quand même, hein,
mon petit,
vu qu'à ton réveil,
je t'ai réservé
une quinte de toux
dont tu ne te remettras pas si facilement.
Comme ça,
il ne sera pas inutile, le kiné...

Vendredi 25 décembre 2009
Comme une lettre au père Noël.

Cher Monsieur,

Voilà plusieurs semaines, voire plusieurs mois, que je souhaite vous écrire. Cela n'a rien à voir avec la paperasse censée récapituler mon interminable vie de patient. Si aujourd'hui je franchis le pas, c'est très certainement parce que je comprends qu'il sera bientôt temps pour moi de quitter ce service de pédiatrie. Pourtant, je m'y suis tant attaché que j'ai une boule au ventre à la simple idée de me savoir destiné à entrer dans un service d'adulte. Là-bas, je ne connais personne. Il me faudra avoir confiance en de nouvelles personnes. Mais après tout, tellement l'ont fait avant moi. Je fais probablement partie de vos patients les moins sérieux en matière de soins. De plus, j'ai une fâcheuse tendance à me regarder sombrer tout en refusant le moindre antibiotique. C'est plus fort que moi.
Je regrette d'être si timide. Voilà plusieurs années que je vous vois fréquemment. Je me souviens de votre bureau d'alors, dans l'hôpital Huriez, si je ne me trompe pas. Il y avait d'innombrables dessins d'enfants reconnaissants du travail que vous faisiez pour eux. Je ne vous ai jamais rien dessiné sur une feuille de papier afin de vous adresser toute ma sympathie. C'est pourquoi, je vous fais ce courrier. Je me sais incapable de vous dire en face toute l'admiration que j'ai pour vous et votre service. Et je ne vous parle pas de la tristesse que j'éprouverai lors de notre dernière consultation. Je vis plutôt mal cette situation, mais je la sais inévitable. Si cela ne dépendait

que de moi, je ne serai jamais tout à fait prêt.
J'espère que je pourrai vous revoir après ce transfert.
Je me vois bien continuer à vous écrire mais j'ai peur ensuite d'être mélancolique pendant des jours…

Merci à vous de m'avoir lu.

Jérémy.

Bon, je vais te laisser dormir, va.
C'est assez pour ce soir.
Je ne vais plus
te retenir,
parce que demain tu te lèves
pour aller chez le kiné
(encore un
qui se croit un cador
de la bonne action,
de toi à moi,
mais bon).
Tu ne perds rien pour attendre,
quand même, hein,
mon petit,
vu qu'à ton réveil,
je t'ai réservé
une quinte de toux
dont tu ne te remettras pas si facilement.
Comme ça,
il ne sera pas inutile, le kiné…

Douloureusement tienne,
Muco,
le cauchemar de tes nuits

Ah !!!

J'oubliais…

Toi et moi,
nous sommes liés.
Et ce... « Jusqu'à ce que la mort nous sépare... »

Cher lectrice, cher lecteur,

À cet instant, vous achevez la lecture de mon livre. Depuis son édition, certaines de mes pensées ont évoluées, la relation que j'ai avec ma maladie est telle que je lui ai laissé gagner du terrain, puis, lui en ai repris. À ce jour, ma vie continue d'être rythmée par des hauts et des bas. Aujourd'hui, je me soigne, mais, seul l'avenir connaît mes lendemains. Si j'ai fait le choix de ne pas retoucher mes écrits, c'est parce qu'il me tient à cœur de partager mes craintes telles qu'elles étaient, au moment où elles se sont présentées à moi. C'est plus honnête ainsi.

Ce livre est parfois naïf parce que je l'étais. Il est parfois difficile parce que ma vie sait l'être.

Mes pensées vont bien évidemment à ma famille, à mes amis, qui m'ont toujours soutenu et sans qui, ce livre n'aurait jamais vu le jour.

Une tendre pensée aussi à tous mes amis disparus, pour qui la recherche n'a pas été assez vite....

Et pour que plus jamais la mucoviscidose ne nous arrache à ceux qu'on aime...

www.vaincrelamuco.org

À tous, merci de m'avoir apprivoisé.

Jérémy

Illustration originale :
Caroline Fournier

www.jeremynuscule.com